다수의 그림자들

다수의 그림자들

김나인 장편소설

작가와문학

차례

서문

제1장 악마의 목소리 19

작은 상자 같은 움집의 작은 공간에 부스럭 거리는 소음이 귓속으로 수 십 마리의 날파리 떼처럼 파고들 듯 들려왔다. 그들의 훔치적거리는 움직임은 조심스러웠다. 어떤 형체의 그림자 같으면서 그들은 실체를 잃어버린 독립된 그림자처럼 훔치적거렸다.

제2장 그림자의 사원 39

딱정벌레 교주는 느닷없이 교탁을 손바닥으로 내리쳤다. 순간 얇은 자작나무의 합판과 그 구조의 뼈대를 이루고 있는 강목의 골격이 파장처럼 전달되어 그 골격의 이미지를 머릿속에 떠올릴 수 있었다. 구멍이 나 있는 교단과 형편없이 기울어 있는 교탁 사이에는 미묘한 교감이 지탱하고 무너질 듯한 진동이 있는 것만 같다. 깡통 같이 속이 텅 비어있는 합판 교탁의 나무결이 가슴에 아련히 쓸려가고 있다.

제3장 손길 77

기계음은 파도소리처럼 먼 곳과 가까운 곳으로 휘젓고 다녔다. 즉 소리가 커졌다 작아지며 끊임없이 공간에 회전하였다. 디베르티멘토는 고개를 갸웃거렸다. 손동작으로 배꼽에서 목까지 회전을 시키며 글라우디아에게 강력하게 무엇인가를 요구하기 시작하였다. 즉 자신의 호칭을 발음해보라는 표현이었다. 글라우디아는 디베르티멘토의 위협적이고 강력한 요구가 무서웠다. 그리고 자신의 입에서 발음되는 호칭, 그 내면에서 울리는 음성이 두려웠다. 묘한 감정과 전율 속에서 그녀는 갈피를 잡지 못하고 있다.

제4장 그림자의 섬 97

작은 장방형의 굳게 닫친 문이 열렸다. 뙤창에 제비머리로 부딪치는 소리와는 다르게 매서운 짐승의 으르대는 소리가 한 사내의 등 뒤를 그림자처럼 뒤따랐다. 파도는 날카로운 발톱을 들어내며 검정색 우의를 입은 사내의 등 뒤를 덮칠 기세였으나 문이 닫히자마자 날카로운 발톱을 숨기며 잠잠해졌다. 우의의 모자를 벗자 늙수그레한 노인의 차가운 얼굴이 전구 불빛에 면면히 드러났다. 눈두덩은 막 삽의 삽날같은 살집이 두둑했다. 날카로운 눈매에 생기가 없고 턱 밑으로 잡힌 주름은 마른 헝겊처럼 윤기가 없이 쭈글쭈글하다. 아무 말 없이 노인은 벽에 걸린 수건으로 얼굴을 문대며 땀과 물기를 닦아내더니 누워 있는 그를 매섭게 내려다보았다.

제5장 구토 125

뒤로 조용준은 역겨운 딱정벌레 교주를 힐난하게 비방하며 다녔다. 그 누구도 조용준의 행동을 이해하지 못했다. 화장실 문짝과 학교 답벼락, 복도 벽이나 닥치는 대로 매직 사인펜으로 '딱정벌레 교주는 죽어라, 폭력 교사, 늙은이, 영혼을 빨아먹는 흡혈귀, 돈 벌레 등등 곳곳에 낙서로 치장되었다. 동욱은 배불뚝이 독사에 대한 앙갚음의 대상으로 딱정벌레를 선택한 것이 아닌가, 의뭉스러워했다. 우왕좌왕하는 선도부와 교무실의 선생들은 범인을 잡기 위해 동분서주 한다지만 학우들은 진작 조용준의 짓이라는 것을 알고 있었다. 학우들의 의리 때문이랄까, 아니면 하나같이 폭력적이고 방관자들 그리고 위선자라고 여기는 선생들에 대한 복수심을 대리만족한다고 할까. 그래서인지 발설하는 사람은 아무도 없었다.

제6장 그림자의 비밀 비밀 151

그는 양손으로 머리채를 쥐어 잡아 뜯었다. 잠시 머뭇거리다가 자신의 성기를 만지작거린 손을 코끝에 붙였다. 우유 섞은 냄새가 났다. 그리고 미끈거리는 점액이 조금 남아 있고 끈적끈적한 접착력이 남아 있었다. 그날 밤 강영실은 호프집에서도 딱따구리처럼 자신의 부리로 박교수를 조아댔다는 것이 어렴풋이 떠올랐다. 강영실이 덮고 있던 이불을 뒤척이다 그 사이로 물풍선 같은 유두를 드러냈다. 그러면서 잠꼬대를 하며 구시렁구시렁 거렸다.

제7장 꿈 175

그 꿈이 오랫동안 지속 될 것이라고 그는 생각하지 않았다. 아니 현실과 꿈을 분간하지 못 할 정도로 그 꿈은 실감이 날 정도로 사실적이었다. 순간 바늘이 자신의 살을 파고드는 아픔이 느껴졌다. 그리고 자신을 항시 부르던 그 목소리가 들려왔다. 그리고 익숙한 그 목소리, 비록 예전같이 우렁차고 거친 목소리에서 텁텁한 쇳소리로 바뀌었지만.

제8장 노동 204

자신이 필요로 하는 양념장이나 채소들을 단박에 찾아 정리해놓았다. 가마솥을 올려놓은 작은 아궁이에 불을 지핀다. 장작과 땔감을 부지런히 날라 옮겨 놓았다. 황달수는 그의 행동이 미심쩍었다. 솥의 뚜껑을 열어보니 물이 한 가득이다. 파 한조가리라도 넣으면 넘칠 듯 말도 하다. 미심쩍은 행동이 불현듯 두려움으로 그 차가운 체온을 전달했다. 평소 요리라고는 할 줄 모르는 녀석이 '밥이 맛없어' 하면서 자신이 만들어 먹는다는 것이다. 그러나 주변을 두리번 거려도 큰 가마솥에 해먹을 수 있는 식재료가 주변에 보이질 않았다. '개를 삶을 것인가.' 황달수는 생각했다. 그의 아내는 여전히 그가 무엇을 하든 관심 밖이었다.

제9장 그림자들 216

"김남연 교수는 요주의 인물로 열 손가락 안에 들지. 그런 작자를 우리가 그냥 두었겠어. 일거수일투족 감시 대상이었으니……단지 증거가 없다 뿐이었지. 다행이도 엄청난 자료를 자네가 제공해 준 셈이지. 이거 찾느라고 이덕갱 고물장수가 쌓아둔 쓰레기 더미를 얼마나 뒤졌는지 알아. 만나서 무슨 모의 했어, 그리고 김남연 그놈 어딨어. 말해, 말하라구."

제10장 다수의 그림자들 238

그는 교수라는 작자를 화장실 구석에 밀치고 주먹으로 얼굴을 사정없이 가격하였다. 주먹에 선홍빛 피가 물들어 갈 때까지 그는 그의 얼굴을 있는 힘껏 내리쳤다. 마치 바퀴벌레 한 마리를 으깨어 버리는 희열을 느끼는 그다. 그의 매서운 눈빛에 교수라는 작자는 곤충이나 바퀴벌레 정도로 밖에 인식이 되지 않았다. 그는 울타리를 뛰어 넘은 들짐승 같아 보였다. 열차의 진동과 교수의 신음 소리가 뒤섞였다. 그러나 오래가지 않았다. 피리를 한 번 분 것처럼 신음소리는 이내 멎었다. 피로 얼룩진 그의 머리는 꺾인 나뭇가지처럼 대롱대롱 매달려 있다. 동욱은 씩씩거리며 울분과 분노가 교수라는 작자의 선홍빛 피에 분노가 녹아드는 희열을 느낀다. 자신도 모르게 밀실에서 자신에게 폭력과 고문을 가하던 실루엣의 정체가 되어 버린 것이었다. '폭력이란 이맛인가' 그는 생각했다.

제11장 그림자의 반란 250

다음 날 아침, 장작 몇 개를 더 우겨 넣어 불은 가마솥을 덮으며 거세게 살아 올라 춤을 추었다. 물이 졸아 가마솥 안에 몇 바가지의 물을 채워넣고 대청마루에 앉아 늑대는 흥얼거리고 있었다. 그는 잘 썬 고깃덩어리를 가마솥 안에 집어넣고 고추가루와 소금 등을 마구 집어 넣었다. 마당 안은 고깃국 삶는 고소한 냄새로 가득했다. 그러면서 훌쩍이며 괴성을 지르기 시작했다. 손에 쥐고 있던 칼을 휘두르며 팔짝팔짝 뛰고 마당 밖으로 뛰어나갔다가 이내 쏜살같이 마당 안으로 달려들어왔다. 늑대는 자신이 이해하지 못하는 느낌을 몸으로 받아들이며 울분을 토해내고 있는 것이었다. 무엇이 옳고 무엇이 다르고 틀린지, 그는 알지 못했지만 최소한 몸으로는 그 모든 것을 느끼고 있었던 것이다.

모든 존재는 거짓을 증명할 때 비로서 존재의
사실을 깨달을 수 있다.

| 서문 |

   인간은 두 개의 세상과 두 개의 그림자를 갖고 있다. 하나의 세상은 내가 바라보는 세상이고, 다른 하나는 그대들이 나를 바라 보는 세상이다. 두 개의 그림자는 빛이 있을 때만 존재한다. 거울처럼 자신의 모습을 비춰주면서 결코 서로 동일시 되지 않는 그 너머, 그것은 존재의 갈등이다. 고독이다, 외로움이다, 고통이다, 기쁨이다. 그 모두 존재 속에 속하는 마력의 것들이니까. 이 소설은 인간이 이미 발견한 것들이고, 잊고 있는 것들이며, 현재도 어떠한 형태로도 존재하며, 그러한 것들로 꿈틀거리며, 눈 앞에서 자기 자신을 현혹시키고 있다.

   나는 이 소설을 쓰면서 짧은 시간 고통스러웠고 또한 즐거웠다.

2015년 작업실에서 김나인

제1장
악마의 목소리

제1장 악마의 목소리

 움막을 걸어 잠근 쇠사슬이 뱀의 움직임처럼 문손잡이를 벗어나는 스르륵 쇳소리로 미끄러져갔다. 문손잡가 닭모가지처럼 뒤틀리며 몇번의 달그락과 함께 철커덩 문이 열렸다. 실루엣의 형체 등 뒤로 병풍처럼 보이는 나무와 그밖의 조형물들은 실루엣의 병사들 같았고, 또한 그는 그 누구도 저항 할 수 없을만큼 거대한 절대자의 모습으로 출입구에 서 있다. 실루엣의 오른 쪽 손에는 형태의 그림자를 지닌 소쿠리같은 플라스틱 용기가 허리춤에 들려 있다. 그 소쿠리 같은 플라스틱 용기 속에 손을 넣어 꺼내 든 것은 감청색에 물든 울퉁불퉁한 현무암 같은 돌덩이 같아 보였다. 마치 콘크리트 바닥에 구슬을 굴리 듯 현무암 같은 돌덩이를 움막 바닥에 팔을 휘두르며 내던지는 실루엣이다. 움막 안은 칠흑같이 어두웠고 움막 밖으로는 손전등 하나 켜놓은 크기의 달빛에 의해 실루엣 형체의 움직임이 읽혀지고 있다. 분별하거나 식별 할 수 없는 현무암 같은 돌덩어리들이 움막의 바닥으로 드르륵거리며 나뒹굴다가 벽에 부딪혀 튕기거나 어느 틈바구니로 끼어 멈췄다.

실루엣 형체의 희뿌연 입김이 담배 연기처럼 고밀도 있게 자욱히 뿜어져 나왔다. 실루엣 형체 주변으로 감청빛이 훌라후프처럼 휘감았으며 그 입김의 밀도는 공기와 접촉하더니 하늘로 기름처럼 분산되었다. 차가운 공기는 입김을 어둠속으로 빨아들이며 손전등 같은 달빛은 쥐꼬리처럼 긴꼬리를 감추고 있다. 작은 숨소리는 다이너마이트 심지가 타들어 가 폭발 할 것처럼, 팽창한 정적을 터뜨릴 것 같아 모두 자신의 몸을 어둠 속에 책갈피처럼 숨기고 훔치적거리며 페이지처럼 조아리고 있었다. 실루엣의 흡착제 같은 공포의 숨소리와 입김이 달빛을 받아 희뿌옇게 공중으로 꼬리를 물고 지렁이처럼 꼼지락거리며 흩어진다. 징을 박은 그의 구둣발 소리가 음절처럼 심장을 낫질하는 것처럼 날카롭게 휘어지며 들려왔다. 실루엣은 출입구 주변을 문지기처럼 어슬렁거리며 감시하듯 우두커니 서 있다가 문 밖으로 사라졌다. 그나마 유일한 빛으로 여겼던 달빛이 세상 밖으로부터 단절되고 곧이어 쇠사슬이 사람의 목을 조이는 것처럼 문손잡이에 둘둘 감겼다.

　작은 상자 같은 움집의 작은 공간에 부스럭 거리는 소음이 귓속으로 수 십 마리의 날파리 떼처럼 파고들 듯 들려왔다. 그들의 훔치적거리는 움직임은 조심스러웠다. 어떤 형체의 그림자 같으면서 그들은 실체를 잃어버린 독립된 그림자처럼 훔치적거렸다. 현무암 같은 돌덩이를 가뜩이나 손에 쥔 그림자들은 으르대며 잔뜩 상대를 경계하며 벼르다가 조심스럽게 한 입을 베어 물었다. 흑구슬 같은 눈빛이 그 그림자의 유일한 생명체임을 어둠속에서 증명하고 있었다. 좌우로 떨리는 흑구슬 같은 눈빛과 조심스럽게 현무암 같은 돌덩이를 서로 다른 턱의 힘으로 베어 무는 그림자들은 서로를 경계하며 움막 다른 한 쪽으로 밖의 소리에 귀를 쫑긋 세우고 있다. 그림자들이 현무암 같은 돌덩이를 베어 무는 속도가 악다구니 하듯 거칠고 빠르게 진행되었다. 누구랄 것도 없이 자신의 것을 빼앗기지 않기 위해, 바닥에 던져진 그것을 하나라도 더 챙기기 위해 그림자들은 서로에게 으르대며 잔뜩 경계하며 으르다가 분주하게 현무암 덩어리를 하나라도 더 갖기 위해 주변을 더듬었다.

　그림자들은 발가숭이이었다. 실오라기라도 걸쳤다면 그들의 윤곽은 어둠 속에서 감청색으로 미끌거리며 매끄럽게 표현되지 않았을 것이다. 낯선 체온을 느끼는 서로의 손이 어둠 속에서 맞닿거나 몸을 부딪치면 자신에게 위해를 입힐 상대를 피해 사자처럼 으르대며 청솔모처럼 재빠르게 구석으로 몸을 피해 등을 활시울처럼 세웠다. 그 경계를 풀고 나면 그들은 짐승처럼 다시 방 구석구석을 손으로 더듬거리며 현무암 같은 돌덩어리를 찾았다.

콘크리트 움막 안에는 화장실이 따로 없었다. 아무 곳에나 대변과 소변을 보았기 때문에 우사(牛舍)같은 그곳이 심장이 녹아내릴 염산같은 악취와 지린내로 뒤섞여있다. 코를 찌르는 악취의 공간 속에서도 아랑곳없이 만성화되어 그림자들은 나무토막처럼 마르고 단단해진 대변을 장난감처럼 갖고 놀았다. 악취는 그러나 불빛 한 줌조차 없는 어둠 속에서 그림자들에게는 장난을 치다가도 서로에게 상처를 낼 수 있는 무기가 됐으며, 자신 혹은 상대 그림자의 활개똥을 자신의 몸에 비누처럼 문지르고는 한다.

현무암 같은 돌덩이의 물체는 감자알이었다. 실루엣이 그림자들에게 던져준 그 썩은 감자는 사실상 식용이 아닌 사료용으로 값싸게 사들인 것이다.

또한 그림자들은 움막에서 시간과 세월을 잃어 버렸다. 아니 그 공간에서 느낄 수가 없었던 것이다. 냄새와 물체와 형체를 식별하거나 사물의 명칭과 언어와 소리를 분간 할 수 있는 능력을, 학습하지 못한 그림자들에게는 애초부터 없었다. 그림자들의 삶의 시작은 움막이었고 그 움막 안에서의 지속적으로 본능의 촉을 세운 삶뿐이었다. 숫자를 알지 못하며 공통의 언어를 사용하지 못한다. 그들이 배운 것이라고는 본능적인 배고픔이었다. 조련사가 자신들에게 보급품처럼 던져주는 감자와 고구마, 배춧잎과 시래기, 그림자의 배설물과 썩은 활개똥에서 생겨나는 단백질 구더기를 잡아먹고 살아왔다. 유아기 때부터 소년과 소녀로 성장 할 때까지 그림자들은 동물적인 본능과 원시적인 소리로 상대와 위협을 가하거나, 경고와 서열, 영역을 표현하였다. 더군다나 먹을 것 앞에서는 들의 짐승과 별다를 바 없이 서로 음식을 쟁취하기 위해 으르대며 싸우기도 하고 매섭게 공격하다 상처를 입기도 하였다.

  실루엣이 그림자들에게 호칭을 하나 씩 붙여줬는데, 눈썹이 짙고 머리카락이 곱실거리며 두 눈은 갈퀴눈처럼 매서운 소년에게는 디베르티멘토라고 불렀다. 또 한 소년에게는 바울이라고 불렀다. 입술이 두텁고 눈이 작은 소년이었다. 성격은 디베르티멘토보다 난폭하지는 않았다. 식탐에 유독 집착하고 몸이 풍풍하여 나무늘보처럼 동작이 굼떴다. 그리고 그림자들 중에 두 소녀가 더 있었다. 그들은 못난이인형 같은 몰골에 추녀였다. 똥딱지에 한올한올 엉킨 매끈하지 않은 머리카락의 점막과 오랫동안 씻지 않은 악취가 그들의 몸에 곰팡이처럼 물씬 풍겼다. 코끝을 송곳처럼 찔러대는시궁창의 악취, 그 악취는 환부나 분비물의 고약한 냄새와는 별개로 자이언트아룸(시체꽃) 꽃향처럼 토사물을 쏟아낼 정도로 똑같았다.

한 소녀는 글라우디아로 불리었다. 또 다른 한 소녀는 〈검은 말〉이라고 불렸다. 말 그대로 그 소녀의 몸은 배설물로 응고 된 똥딱지로 뒤덮여 있었으며 거무스름한 피부는 살결은 피부병에 문드러지고 악성 종양의 피부암에 걸려있다. 어쨌든 실루엣의 사내는 자신이 겉핥기로 알고 있는 종교적인 지식과 이름들을 끄집어내어 그림자들에게 각각의 호칭을 붙여줬다. 사실 그림자들은 소년과 소녀의 성별을 외모로 구분하기가 어려울 정도로 하나같이 문둥이 같은 몰골이었다.

실루엣의 사내는 그림자들을 입양하고 부터 그들의 출생신고서를 태워 없애버리고 디베르티멘토와 바울, 글라우디아와 검은 말의 새로운 이름을 붙여 주었다. 자신이 그림자들을 쉽게 부르고 구분하기 위한 호칭이였을 뿐만 아니라 그들의 존재와 인격을 새로 형성하기 위한 계획적인 것이다. 어릴 때부터 훈육을 해온 터라 '디베르티멘토, 이리왓!' 하고 부르면 실루엣 사내 앞으로 강아지처럼 뛰어가 으르대며 발밑에 복종의 의미로 머리를 조아렸다. 실루엣의 사내는 그림자들에게 절대적인 조련사, 천체(天體)를 관측하는 신적인 존재이었다. 그가 없다면, 그림자 자신들은 움막에 갇힌 채로 굶어 죽을 수

밖에 없다는 두려운 그 한 가지 이유를 그들은 본능적으로 알며 느꼈다. 아프로디테, 그 거품의 신을 숭배하는. 짐승의 고함 소리로 분노를 표출하거나 동물적인 반항을 하면 실루엣의 사내는 배급의 감자를 열흘 동안 주지 않고 그들을 굶겼다. 그때마다 그 그림자들은 상대의 배설물을 먹거나 활개똥에서 자연적으로 생겨나는 구더기나 바퀴벌레를 잡아먹으며 버텨왔다. 그나마 이상한 점은 서로가 경계를 하고 위협을 하면서도 서로의 친근감을 표현하기 위해 서로의 몸에 붙어 있는 똥 딱지를 떼어 주거나 머리에 기생하는 벌레를 잡아 주거나 원숭이처럼 머리카락 손질도 해 주었다.

그들의 언어는 수화(手話)나, 지시적인 몸짓과 원시적인 소리뿐이었다. 하루에 한 두 차례뿐인 배급과 배급받은 그 썪은 생감자를 줍자마자 거식증 환자처럼 입 속에 허겁지겁 우격다짐하듯 넣었다. 생감자에서 은은하게 흘러나오는 죽음과 같은 고요의 즙과 날것의 생소함을 그림자들은 만성적으로 느끼지 못했다. 혀로 맛을 음미한다는 그 자체를 모른다. 혓바닥에는 설태의 색이 짙고 층이 두꺼웠다. 자신들이 차디찬 콘크리트 움막에 갇혀 있고 실루엣의 사내에게 훈육을 받고 있는지 그들은 도통 혓바닥의 설태처럼 죽은 감각으로 깨닫고 있지 못했다. 그들이 두 눈으로 본 유일무이한 사람은 실루엣의 사내와 움막에 갇혀 있는 그림자들뿐이다. 그리고 움막 밖의 세상을 잘 알고 있지 못했다. 움막을 벗어 나본 적이 단 한 번도 없기 때문이다. 그들이 본 것이라고는 뙤창문을 통하여 빛을 보았고 작은 직사각형 너머로 펼쳐진 직사각형의 푸른 초지와 나무, 계절의 변화를 한계적으로 보았을 뿐이다. 그러나 머리로 그 초지와 나무를 기억하고 때론 움막 벽면에 그 모양을 엇비슷하게나마 그리며, 그 자체에 대하여 사고하거나 느낄 수 있는 그 능력 자체가 그림자들에겐 전부였다. 미세한 전율이 그 세상을 실처럼 자신의 발끝에서 부터 시작하여 몸을 휘감으며 복잡하고 미묘한 머릿속을 환기시키고 있는 것이 전부였다. 그것이 그들의 눈을 휘둥그레지게 만들고 탄성을 지르게 만들뿐이다.

감자를 다 먹은 디베르티멘토는 한 쪽 구석에 거머리처럼 달라붙어 몸을 웅크리며 부피를 부풀렸다. 헝클어진 머리카락은 마치 월계관처럼 그의 두피를 감싸고 있는 넝쿨처럼 두피를 감아오르고 있다. 바울은 서너 개의 생감자로는 허기진 배를 든든히 채우기에는 부족하고 모자랐는지 욕심껏 손을 뻗어 주변을 더듬거렸다. 딱딱하게 굳어버린 배설물을 손에 쥐어 작은 창문으로 성큼성큼 향했다. 자신의 얼굴 크기보다 작은 뙤창문을 통해 밤하늘을 올려다보았다. 그는 두 손으로 배설물을 창가 쪽으로 달빛에 비스듬히 응고된 배설물을 비추어 보며 들어올렸다. 그동안 바울은 칠흑 같은 어둠 속에서 훔치적거리며 꾸물거리는 구더기를 잡아먹었다. 어느 순간부터 움막 안, 칠흑같은 어둠속에서 전구같은 별빛이 작은 창문을 통해 실물을 식별할 수 있게 빛이 신통력을 발산하고 있음을 깨달았다. 바울은 이제 어둠과 빛이라는 두 세계를 뇌하수체가 점차적으로 인식하며 그 차이와 변화를 터득하기 시작했다. 하늘에 별이 떠 있는 맑은 날에는 뙤창문을 통해 밤하늘을 관찰하며 한 참 동안 응시했다. 바울의 두 눈에는 밤하늘이 크리스마스트리처럼 다채로웠고 신비로웠다. 아니 그들에게 움막 밖의 스펙트럼으로 비춰지는 별천지의 세계는 기이하고 다채로운 현상은 섬뜩할 정도로 놀라웠다. 바울은 돌덩이처럼 굳어 버린 배설물을 달빛에 비추었다. 작은 구데기들이 떨리는 소지처럼 꼼지락 움직였고 바울은 춤을추는 듯 꼼지락거리는 구데기들을 빼내어 집게손가락으로 입속에 집어넣기 바빴다.

    글라우디아는 디베르티멘토와 바울과 다르게 자신의 가슴이 돌출되고 커지고 있음을 알았다. 그리고 그들과 성(性)이 다르다는 것을 분별하고 의식하고 있다. 발가벗고 있는 자신이 성악과를 먹은 이브처럼 부끄러한 것은 아니다. 자신의 몸이 시간이 흐를수록 변화하고 있다는 것을 인식하고 있었다. 그에 반해 검은 말은 몸이 아픈지 감자를 먹자마자 토악질을 바닥에 대거리하듯 하고 바닥에 드러누워 미동도 하지 않았다. 검은 말의 비교되는 가

습도 자신의 가슴처럼 앙칼진 꽃봉오리로 망울지며 솟아 오르고 있다. 그러나 정작 검은 말은 자신의 몸의 변화 따위에 관심을 두지 않았다. 낮이나 밤이나 검은 말은 움직이기를 꺼려했고 바닥에 드러누워 입에 흰거품을 물며 거친 숨만 내쉬었다.

디베르티멘토는 번개처럼 자리에서 벌떡 일어나 바울이 들고 있는 배설물을 낫질하듯 낚아챘다. 어둠속에서 그나마 흰 치아를 드러내며 바울을 향해 으르렁거렸다. 바울은 그 자리에서 석고상처럼 옴짝달싹하지 않고 두 손으로 자신에게 덤벼들 것 같은 디베르티멘토를 향해 갈고리의 헛손질을 날려 보냈다. 그리고 잽싸게 구석으로 자신의 몸을 숨기며 웅크렸다. 바울은 성질이 사납고 거친 디베르티멘토에게 무심코 덤벼들었다가 서열싸움 끝에 팔과 다리를 물린 적이 있었다. 그 이후로 바울은 디베르티멘토의 걷잡을 수 없는 폭력적인 행동에 섣불리 저항하거나 공격하기 보다는 길고양이처럼 그를 경계하며 거리를 두고 기회를 엿보았다.

다음날 아침, 움막의 문에 걸어놓은 쇠사슬이 스르륵 풀리는 소리가 들렸다. 움막 안의 매캐한 악취가 문이 열리는 순간 세상 밖으로 영혼이 빠져 나가듯 희뿌연 연기, 움막 굴뚝으로 솟아오르며 공기 중으로 소용돌이 돌며 꼬리를 감추었다. 어둠도 덩달아 미끄러져 나갔다. 마치 블랙홀 속으로 빨려 들어가는 수많은 소행성처럼.

실루엣의 형제가 디베르티멘토, 바울과 별다를 것 없는 똑같은 형체의 모습을 보여주었다. 차양이 긴 모자를 눌러 쓰고 있는 사내는 턱이 뾰족하였고 눈가에는 주름과 헐렁한 면바지에 회색 점퍼를 입고 있었다.
　"디베르티멘토, 바울, 글라우디아, 검은 말."
　사내는 손짓으로 하나 둘 짚어가며 이름을 불렀다. 그러자 눈치가 빠른 디베르티멘토가 제일먼저 반응을 보이며 재빠르게 뛰어 사내의 신발 끝에 가오리처럼 납작 엎드려 신발 끝에 살포시 입맞춤을 하였다. 뒤따라 바울과 글라우디아도 사내의 허벅지에 진드기처럼 매달렸다. 아양을 떨거나 애걸복걸을 함으로써 감자나 배춧잎 등 콩고물 하나라도 더 받을 수 있기 때문이다. 사내는 솜을 말아 콧구멍에 틀어 막고 미간에 갑골문자를 새기고 있었다. 제일 마뜩찮은 일 중에 하나이기 때문에 째푸린 얼굴이다. 그리고 그들의 머리를 장갑 낀 손으로 쓰다듬어 주고 진드기처럼 매달린 바울과 글라우디아를 힘껏 뿌리쳤다. 불쾌하다는 듯 인상을 찡그리고 턱에 괴었던 마스크를 콧잔등까지 추켜 올렸다.
　사내의 시선과 관심이 미동이 없는 검은 말로 옮겨갔다. 몇 걸음 옮겨 검은 말을 재단하는 시선으로 내려다보는 사내이었다. 그리고 구둣발로 검은 말의 옆구리를 툭툭 쳤다. 어떠한 반응과 움직임이 없자 사내는 발목에 힘을 모아 고깃덩어리처럼 누워있는 검은 말의 옆구리와 허벅지를 걷어차거나 짓밟았다. 그래도 꿈쩍하지 않는 검은 말이다. 열악한 환경속에서, 한 번도 옷을 입은 적이 없는 그림자들의 몸에는 구더기가 기생하고 똥딱지들이 덕지덕지 붙어 있었다.

"제길, 어이 임씨."

사내는 큰소리로 움막 밖의 임씨를 호령했다. 그러자 빗자루로 마당을 쓸고 있던 임씨가 코를 움켜쥐며 움막 안으로 엉거주춤 뛰어 들어왔다.

"불렀습니까, 교주님."

"며칠 전부터 시름시름 앓더니……얼릉 치워."

임씨는 고개를 꾸벅이더니 움막 밖으로 엉거주춤하며 뛰어나갔다. 그리고 잠시 뒤 지게를 어깨에 메고 들어왔다. 임씨는 매부리코에 얼굴은 호박같이 크고 뻐드렁니에 목이 짧았다. 키는 난쟁이 똥자루처럼 작으면서 팔과 다리는 몸의 균형에 비해 짧고 절구처럼 굵직굵직했다. 꽤 힘꼴 있어 보였다.

흰 천으로 검은 말을 덮어 둘둘 말아 감더니 삽시간에 기압과 함께 힘빼물며 지게에 얹어놓았다. 지게를 양어깨에 메고 엉거주춤 움막을 빠져 나온 임씨는 정원과 숲을 번갈아 보다가 눈에 띠는 개암나무 쪽으로 성큼성큼 향했다. 작은 덩치의 소녀, 임씨에게는 몇 번의 삽질로 걸맞는 구덩이의 크기나 깊이를 파냈다. 이마의 땀을 팔등으로 훑고나서 임씨는 개암나무를 어루만지며 이상야

룻한 미소를 지었다. 쉴 틈없이 몇 번의 삽질로 구덩이를 흙으로 메꾸었다.

 오후가 되자 임씨는 호수를 끌어다가 움막의 벽에 물을 쏘아대기 시작했다. 육 개월 동안 청소를 하지 않은 터라 움막 안은 코를 찌르는 배설물과 구더기로 득실거렸다. 센물로 쏘아대도 바닥에 착 달라붙어 굳어버린 배설물을 쓸어내리지 못했다. 임씨가 움막을 청소하는 동안 사내의 아내는 마당 한 쪽에 디베르티멘토와 바울, 글라우디아를 한 줄로 세웠다. 어정쩡하게 서 있던 그림자 셋은 사내와 임씨, 그리고 사내의 아내가 걸치고 있는 의복에 호기심을 보였다. 한 번도 입어 보지 못한 의복이었기 때문에 의복은 매우 흥미롭고 신기했으며 호기심의 대상이었다. 글라우디아가 조심스럽게 사내의 아내에게 손을 뻗으려고 하자 눈치 챈 사내가 버들눈을 하고 버럭 화를 냈다. 그러면서 잽싸게 회초리로 그녀의 손목을 갈퀴처럼 내려쳤다. 글라우디아는 신음 소리조차 입밖으로 꺼내지 못하고 몸을 뱀처럼 꼬며 자리에서 스프링처럼 펄쩍펄쩍 뛰었다. 소녀가 고통을 육체와 언어로 표현 할 수 있는 방법은 몸부림치는 것 뿐이었다. 소녀는 그 의복의 느낌과 몸에서 풍기는 이상야릇한 향수 냄새를 코끝으로 맡고 싶었을 뿐이다.

 자신의 몸에서는 아무 냄새도 나지 않았다. 자신의 몸에서 물씬 풍기는 악취는 더 이상 악취가 아니었다. 움막안의 고루한 느낌일 뿐이었다. 사내가 움막 안에 가둬 두고 물호수를 끌어다가 센물로 움막을 청소하고 자신의 몸에 물을 뿌리는 것이 세안의 전부였다. 생애 처음으로 움막 밖으로 나왔다. 처음으로 드넓은 푸른 하늘을 보았고, 뙤창문을 통해 보던 초지와 나무들도 넓은 시야를 통해 보니 별천지처럼 새로웠다. 움막은 야트막한 언덕에 위치해 있었기 때문에 뙤창문 밖으로 고개를 조금만 내밀거나 돌려도 끝이 없어 보이는 초지와 숲이 액자처럼 보였다.

사내는 임씨를 호령하여 불러 세웠다. 임씨는 사내 앞으로 어깨를 엉거주춤 굽실거리며 한달음에 달려왔다. 디베르티멘토와 바울, 글라우디아는 그들의 말을 알아듣지 못했다. 단지 사내가 부르는 호칭, 자신의 불러지는 이름만 알고 있을 뿐이었다.

사내는 바가지에 물을 퍼 담아 디베르티멘토 머리 위로 거칠게 쏟아부었다. 그리고 바울, 글라우디아 순으로 물을 여러차례 쏟아부었다. 그리고 그들의 몸에 깨알 같은 가루를 뿌리고 임씨는 손에 들고 있던 긴 막대기 걸레로 그들의 몸을 닦아 내려갔다. 바울은 막대기에 관심이 많았는지 딱정벌레처럼 눈을 떼지 못했다. 임씨가 막대기 걸레로 디베르티멘토 몸을 문지르는 순간 그는 웃음을 참지 못해 히죽히죽 웃었다. 검은 말의 죽음을 까마득히 모르는 그들은 자신의 온 몸을 문지르는 막대기 걸레의 느낌을 받아들이고 있다. 간지럼과 어떤때는 아프고 사타구니를 문지르는 순간 이상야릇한 흥분도 느낄 수 있었다.

"마누라, 야들 좋은 옷 좀 입히고 먹을 것 좀 먹여. 너무 맛있는 거 주면 입만 버린다는 거 알지."

"그만 혀요, 지두 서당께 삼년이면 풍월을 읊는다구, 당신허구 살 비벼대며 산게 스무해유."

"오늘 십 수 년 동안 후원 해 주신 분들이 방문하는 것이니까……."

"그 늠의 잔소리, 알았다구요."

"임씨, 움막 깨끗이 치웠나. 치웠으면 다른 사람이 오고가지 못하도록 길을 막고 창고 푯말을 붙이시게."

임씨는 알았다는 듯 고개를 연신 끄덕였다. 뻐드렁니 충치를 헤벌쭉 드러내며 덩실덩실 춤이라도 출 것처럼 곱실거리는 어깨를 들썩거리며 정원을 가로질러 정문 쪽으로 향했다.

디베르티멘토는 옷을 입을 줄 모른다. 바울과 글라우디아도 마찬가지이다. 사내의 아내가 옷의 여벌을 들고 와 남녀 옷을 구분하지 않고, 크기를 구분하지 않고 손에 잡히는 대로 마구잡이로 입혔다. 글라우디아는 옷을 입은 자신의 모습을 볼 수 있었다. 거울 앞에서 자신의 모습을 본 것은 놀랍게도 처음이다. 자신의 낯선 모습을 보고 놀라지 않을 수 없었다. 거울 앞에서 자신의 얼굴을 만져보고 옷의 느낌을 느껴 보고 세척제의 냄새를 맡아 보았다. 거울 속의 그도 얼굴을 만져보고 옷의 느낌을 느껴보고 세척제의 냄세를 맡았다. 그러나 후각을 잃은 지 오래라서 어떠한 냄새도 맡을 수 없었다. 갑작스럽게 별채로 들어 온 그들이지만 움막의 공간과 별채의 공간이 확연이 다르다는 것을 알았다. 별채 안은 눈을 뜰 수 없을 만큼 뙤창문으로 보았던 태양이 천장에 매달렸다. 그리고 화려한 장식의 꽃무늬 벽지와 진열장 속의 물건들, 하나에서부터 열까지 모든 것이 별천지처럼 신비로웠다.

글라우디아는 거울 앞에 앉아 자신의 모습을 바라보았다. 자신의 모습을 보고 있음에도 그 모습이 자신의 모습인지 믿음이 가지 않아 거울에 손을 조심스럽게 뻗었다. 사내의 아내는 글라우디아의 뻣뻣한 머리카락을 고무줄로 정갈하게 묶어 주었다.

바울은 어느새 냉장고 문을 열어 맛있는 햄과 과자를 놔두고 배춧잎과 생감자를 꺼내 염소처럼 뜯어 먹고 있었다. 바울은 난생처음 본 햄과 과자가 식품인지 알지 못했다. 고함 소리에 사내가 별채 방 안으로 회초리를 들고 들이닥쳤다. 그 뒤로 임씨가 헤벌쭉 뻐드렁니 충치를 드러내며 헤헤거리고 있다.

사내는 바울에게 매섭게 회초리를 휘둘렀다. 그러나 사내의 아내는 사내의 거친 행동을 막아서며 다그쳤다.

"아휴, 상품에 상처 나면 후원자들이 의심을 한단 말

에유. 우리가 여그까정 워떻게 왔는디유."

사내라고 불리는 교주는 화를 참지 못해 황소처럼 씩씩거렸다. 임씨는 눈치를 살피고 있었고 바울은 뱀처럼 몸과 팔을 꼬며 바닥에 뒹굴고 있다.

"교주님, 사모님의 말이 맞구먼유. 얼굴에 상처라두 나믄……. 쩝-."

교주가 갈퀴눈을 하자 흠칫 놀란 임씨는 뻐드렁니를 감추며 머리를 조아렸다.

"교주님, 죄송허구만유. 입 다물겠구만유."

임씨가 철문을 열자 자갈로 덥힌 길과 양쪽 경계석 안으로 잘 가꾸어진 정원이 손님들을 맞이하고 있다. 백여 미터 남짓 걸어 별채로 들어 선 손님들의 손에는 선물로 한 가득이었다. 디베르티멘토와 바울, 글라우디아는 소파에 조신스럽게 앉아 사내가 훈육한 행동 그대로 자리에서 일어나 고개를 숙이고 소파에 앉아 어색한 미소를 연출하고 있었다. 그 셋은 곁눈질로 훔치는 교주의 미소 속에 칼날같이 날카로운 시선을 느끼며 어색한 미소를 입가에 긋었다. 한 번도 느껴보지 못한 손의 따듯한 체온을 후원자들은 디베르티멘토와 바울, 글라우디아에게 전해주었다. 그때마다 미묘한 감정이 가슴에서 활처럼 무엇인가를 쏘아대며 가슴을 팽창하게 끌어 당겼다. 그때마다 사내의 날카로운 눈빛이 그 셋을 표적마냥 겨냥하였고 그때마다 어색한 미소를 입 꼬리에 긋었다. 우르르 몰려왔던 손님들은 자신들의 수다와 이야기만 늘어놓고는 신기루처럼 교회를 빠져나가 공중으로 사라졌다. 그들이 사라지자 오래 전부터 귀에 익숙한 목소리가 호령하여 들려왔다. 사내의 가칠한 음성과 그 사내의 왁자지껄한 웃음소리, 임씨의 바보 같은 웃음, 그리고 그 셋의 몸은 다시 발가숭이가 되어 움막 안에 갇히었다. 움막에 갇히는 순간 그들은 안식과 불안, 환희를 동시에 느끼고 있었다. 익숙한 공간과 행동 그리고 낯선 환경과 의복의 느낌, 화려함과 두려움, 그 사이에서 혼란을 느끼고 있었다.

디베르티멘토는 구석에 달라붙어 있는 딱딱한 배설물을 두 손에 쥐더니 달빛이 비치는 작은 창가로 향했다. 바울과 글라우디아도 오늘 자신이 경험한 일 때문인지 가슴에 뜨겁게 살아 움직이는 긴 꼬리를 지닌 그 무엇인가 들어와 그 무엇이 가슴속에 살아 움직이는 느낌이 전달되고 있다. 디베르티멘토의 이상스러운 행동을 바울과 글라우디아도 의식적으로 동참하고 있었다.

제2장
그림자의 시원

제2장 그림자의 시원

　목화솜 뭉치를 볼에 비비대고 뭉개는 따듯한 햇볕과 간간히 불어오는 차가운 바람이 까무잡잡한 팔등을 모기처럼 물어뜯고 사라진다. 송곳처럼 솟아오른 파릇한 잡초와 화사한 꽃들, 실 뭉텅이처럼 엉켜 묘한 파도를 일으키는 빛깔들, 동욱은 묘한 블랙홀로 영혼을 송두리째 빨아들이고 있다. 교실 안은 장작불이 시뻘겋게 불알을 까듯이 타오르는 아궁이 속은 찜통이다. 아니 그들 모두가 항문을 까발리며 불을 지피고 있는 장작개비 같았다. 목화솜 뭉치 같던 햇살이 갑작스럽게 불알을 담금질하며 다시 두드리고 구부리며 달구고있다. 칼날처럼 휘두르고 있는 종이쪼가리 같던 먼지가 화덕의 공중에서 미토콘드리아처럼 움직이고 있다. 1교시, 늙은 국어 선생은 교탁 아래로 가느다란 하반신을 숨겼다. 양팔을 교탁 위에 올려놓고 있는 모습은 마치 학우들의 등골을 빼먹는 딱정벌레같아 보였다. 그의 흐리멍덩한 두 눈은 촉을 세워 교실 안을 살폈다. 스트로처럼 가느다랗고 길은 목에서 작은 쇳소리를 내며 구시렁거린다. 소란스러움이 잦아들지 않자 쇳소리의 욕설을 소나기처럼 퍼부었다. 1교시 수업, 공복과 여름의 무더위, 졸음을 참아야했다. 동욱뿐만 아니라 다른 학우들도 마찬가지였다. 1교시 수업, 쇳소리의 수업은 딱정벌레의 수업시간이 지루하였고 가시방석에 앉아 썩은 고목 속 애벌레처럼 꿈틀거렸다. 딱딱한 의자에 앉아 오십여 분을 버텨야 했고 그 딱딱한 의자에 우리의 몸은 서서히 석고로 응고되어갔다. 아예 공부를 포기하고 책상에 고개를 푹 숙이고 자는 학우와 책상에 책을 펴 놓고 도시락을 까먹는 학우도 더러 눈에 띠었다. 시간이 흐를수록 교탁 의자에 앉아 성경책을 읽는 늙은 딱정벌레 교주의 말을 귀담아 듣는 학우는 전멸하다시피 줄어들었다. 창가에 앉은 동욱은 게슴츠레한 눈빛의 시선을 창밖으로 옮겼다. 마치 옷걸이에 시선을 걸어놓기라도 한 것처럼, 운동장과 수천마리의 송충이가 득실거리는 플라타너스, 클리버로 고기 뼈를 썰 듯 강렬한 햇빛, 학교 경계를 벗어난 소도시의 황갈색 건물과 녹초지, 유리빛 하늘에 넋을 빼앗긴 채로 내려다보고 있다. 딱정벌레 교주는 성경책에서 눈을 떼지 않고 한 구절 한 구절씩 나지막이 읽어 내려갔다. 아예 책상 위에 머리를 파묻고 잠을 자는 학생과 눈치를 살피며 도시락을 까먹는 학생, 장난을 치며 떠드는 학생이 있어도 늙은 교주는 화를 내거나 윽박을 지르지도 않았다. 독실한 기독교인처럼 성경책을 읽고 '아멘'을 합장하며 구원의 설교를 한다.

동욱은 창밖으로 접착제처럼 달라붙어 있을 것 만 같은 시선을 옮겼다. 책상에 놓인 연습장을 펼치고, 머릿속에 떠오른 생각들을 일기형식으로 써내려갔다.

「문명이란 단어를 이해하기 위해 학교 근처 도서관과 책방을 쥐처럼 들락날락거리며 그 비슷한 제목이 붙은 책이면 모조리 빌리거나 구입하여 며칠 동안 거시 병에 걸린 사람처럼 멈추지 않고 읽었다. 백퍼센트 이해가 가지 않는 내용이 허다했지만 책 내용 보다 단어에 대한 충격이 컸다. 문명이란 글자가 한글이 아니었고 한자이었기 때문이다. 한글의 우수성에 자부심을 갖고 있던 나는 와르르 자부심이 무너졌다. 허망했다. 나는 나의 무지함을 깨달았다. 바보 같은 녀석. 文明, 사전적 어휘로 뜻을 풀이해 보면 이렇다. 사람의 지혜가 깨서 정신적, 물질적 생활이 풍부하고 편리하게 됨, 이다. 애초부터 세종대왕 이전에는 사대부의 언어와 글이 존재하였고 그 이후 한글을 언문이라고 하여 사대부들은 무지한 백성들이 익힐 수 있는 한글을 인정하려고 하지 않았다. 내 머릿속은 헝클어진 실타래보다 더 복잡해져 갔다. 왜냐하면 인간이 만들어 내는 규범과 제도, 도덕 속에서 정의를 찾으려고 애썼던 것이다. 그러나 인간이 만들어내고 인간이 그 수렁에서 헤어 나오지 못하는 꼴이 현실이 아니던가.」

콩알 같이 써내려간 연습장을 덮고 시선을 창밖으로 옮겼다. 늙은 딱정벌레 교주의 쇳가루를 떨어뜨리는 쇳소리는 주술을 외는 독백에 가까웠다. 구시렁거리는 교주의 목소리는 작은 모터소리처럼 미세하게 들릴 뿐 무슨 내용으로 조잘거리며 지껄이는지 알아듣지 못했다.

여전히 플라타너스 나뭇가지와 클리버로 고기 뼈를 써는 강렬한 햇빛, 황갈색 집과 녹초지의 풀들은 고치처럼 미동도 하지 않은 채 바둑알처럼 놓여있다. 송충이가 득실거리는 플라타너스 나무, 그 그늘 아래 철근 몇 가닥에 시멘트를 입힌 돌 의자에 서너 명이 앉아 불알을 까고 있다. 마치 하늘은 파릇한 수초로 뒤덮인 호수 같고, 까치 댓 마리가 후다닥 날아오르고 사라지는 것이 잔잔한 물 위에 물수제비를 뜨는 것처럼 하늘을 스치듯 퉁겨 날아오르며 사라졌다.

딱정벌레 교주는 느닷없이 교탁을 손바닥으로 내리쳤다. 순간 얇은 자작나무의 합판과 그 구조의 뼈대를 이루고 있는 강목의 골격이 파장처럼 전달되어 그 골격의 이미지를 머릿속에 떠올릴 수 있었다. 구멍이 나 있는 교단과 형편없이 기울어 있는 교탁 사이에는 미묘한 교감이 지탱하고 무너질 듯한 진동이 있는 것만 같다. 깡통 같이 속이 텅 비어있는 합판 교탁의 나무결이 가슴에 아련히 쓸려가고 있다.

"이광수는 민족의 변절자라는 것을 학생들 모두 머릿속에 기억하고 있길 바란다. 그리고 이광수는 문단의 독재자이었으며 깡패였다."

딱정벌레 교주는 에-헴 턱을 목 아래로 당기며 헛기침을 하였다.

"선생님, 민족의 변절자가 국어 교과서에 실리고 그의 문학 작품을 높이 평가하고 배우는 것은 우리도 민족의 변절자가 되라는 것입니까."

한 용기있는 학생이 손을 번쩍들어 큰 소리로 질문을 하였다. 그 학생은 딱정벌레 교주의 수업시간에 곁눈질해가며 도시락을 먹은 학생이었다.

"에헴-개아무개 비평가는 작가와 문학성을 분류하여 말하기도 하지. 즉 문학성이 우수하면 그 작가의 허물도 덮어 줄 수 있다는 거지. 그러나 선생님은 문학성만으로 민족의 변절자 허물을 덮을 수 있다고 생각하지 않거든-, 에헴-허물이 보통 허물인가, 민족성을 말살하려고 일본 마부 노릇을 한 놈인데……. 문학성은 개뿔이나,

에헴-"

 1교시, 국어 수업 시간의 끝을 알리는 종소리가 스피커에 울리자 잠을 자고 있던 몇몇의 학생은 허리를 펴며 기지개를 켰다. 늙은 딱정벌레 교주는 나무늘보처럼 느린 걸음걸이로 교단에 올라섰다. 주섬주섬 국어 교과서와 출석부를 챙겨들어 겨드랑이에 끼더니 교실 밖으로 슬그머니 사라졌다. 낙타가 침을 뱉고 건초를 씹는 입 모양새로 떠들고 사라지는 늙은 딱정벌레 교주의 궁색한 뒷모습이었다.

 동욱은 1교시 쉬는 시간을 틈타 창가 쪽으로 이용광을 불러 앉혔다. 나무젓가락처럼 호리호리한 체구에다 키는 동욱보다 한 치 정도 더 컸다. 동욱은 한 계단 아래에 앉아 그를 가로등처럼 올려다보는 느낌이었다. 그의 몸은 구스베리를 흐물흐물해지도록 고아 놓은 듯 빈둥대며 동욱의 옆 의자에 착석하였다. 동욱은 말없이 그에게 볼펜을 손에 쥐어주고 연습장을 펼쳐 내밀었다. 그는 귀찮은 듯 얼굴을 헝겊처럼 일그러뜨리다가 동욱의 눈과 마주치자 연습장으로 마뜩참ㅎ은 표정을 숨기며 고개를 돌렸다.

 "자, 말해봐."

 그는 습관처럼 퉁명스럽게 말을 내뱉었다.

 그의 말에 동욱은 로뎅처럼 사색하는 모습으로 창가에 시선을 던지고 손에 턱을 괴었다. 마치 교도소에 갇힌 죄수처럼, 장방형의 건물에 갇혀 있는 느낌, 교실밖을 탈출하고 싶은 욕망이 강렬했다. 수학, 국어, 영어, 교련 등 과목이 없는 놀이터에서 자유롭게 뛰어놀고 싶었다. 마치 쇠창살 하나 사이에 지옥과 천국, 죄수와 교도관 혹은 미지의 세계와 현실의 세계가 두 갈레로 나뉘어져, 장막에 가로막혀 있는 압박감으로 숨통이 조여 왔다. 동욱의 마음은 누군가에게 기고 그 누군가에게 잡히지 않기 위해 도망치고 있다는 불안감이 두 덩어리로 갈라지고 있음을 느꼈다. 그러나 쫓는 자가 누구고 동욱은 무슨 이유로 쫓겨야 하는지 그 이유와 까닭을 모를뿐더러, 그 귀신같은 실체가 또렷하거나 명확하지 않아 불안을 가중시켰다.

"조화"

동욱은 벽에 박아놓은 못처럼 시선을 창밖으로 고정한 채 말했다.

"뭐라구."

"제목부터 적어봐, 음……조화."

고개를 끄덕이며 이용광은 연습장에 조화의 단어를 써 내려갔다. 언제 보아도 잘 쓰는 명조체 글씨였다.

"진리는 인류가 믿는 그 무엇이다. 유일신과 같이 인류에게 절대적이며 때론 유동적(流動的)이기도 하고, 가치추구의 욕망이기도 하다. 진리란, 신이 인간에게 심은 선악과의 나무인가. ……진리는 존재하는가, 아님 진리 자체가 어떠한 형태이고 어떻게 인류의 가치추구로서 욕망이란 말인가. 진리는 신이 인류에게 뿌린 씨앗이다. 인간은 신과 진리에 대해 대화를 하는 것이 아니라 인간과 거래하고 이익을 위해 불공정한 거래를 하려고 한다. 그래서 인간은 진리에 속고 속이며 부정하고 의뭉스럽게 생각하며 논리를 획득한다. 그것은 코스모스에 카오스가 자리 잡고 있으며 카우스 속에 코스모스가 원리로 존재하기 때문에 그러한 논리는 항시 진행과정 속에 놓여 있다."

동욱의 말을 빼곡히 받아 적던 그는 동욱을 힐끔 훔쳐보더니 시선을 이내 연습장으로 가져갔다. 글귀의 내용이 도대체 무슨 뜻인지 이해할 수 없다는 표정이 역력했다. 그러나 그는 동욱의 말을 받아 적는 일에 소홀하지 않았다. 그의 글씨체는 정갈했고 진열장에 나열하는 물건처럼 고딕체 글씨를 줄 칸에 맞춰 질서정연하게 써내려갔다. 마치 블록을 쌓듯이 줄 칸을 메워갔다. 블록 같은 글씨체가 줄 칸을 채울수록 연습장의 여백은 정갈한 꽃무늬로 피었다. 우담바라처럼, 혹은 담벼락에 무늬를 입힌 것 같기도 하고, 수려한 천에 연꽃의 자수를 새겨 넣은 것처럼 착각이 들 정도로 글자는 춤을 추고 있었다. 동욱은 그의 손 글씨를 빌어 시를 썼다. 시를 다 적고 난 다음에는 개똥철학을 읊어내기 시작했다. 한 문장을 받아 적어내면 동욱은 곧이어 그 문장을 말로 이어갔고 그는 서기처럼 열심히 적어 내려갔다.

 4교시, 학교수업이 끝나자마자 여섯 명 모두 주머니의 동전을 털어 모으기에 급급했다. 소주와 과자를 사기 위해, 누구랄 것도 없이 바지주머니의 동전을 모두 꺼내 이용광의 두 손에 쥐어줬다. 이용광은 동전을 세어 보더니, 셈을 하고는 소주 다섯 병과 과자를 살 수 있다며 헤벌쭉 입 꼬리를 올리며 너털뱅이처럼 웃음을 지었다.
 "우리 또 걸어야 해."
 조용준이 걱정을 하며 물었다. 그는 버스를 타고 집으로 가고 싶어 했다.
 "나는 참고서 산다고 거짓말 하고 엄마한테 받은 돈 다 털어놨어."
 권정연은 마뜩찮은 표정으로 말했다. 조용준의 말에 짜증스럽다는 어투였다.
 그들은 송사리 떼처럼 기차역으로 향했다. 기차역으로 가던 중 단골 구멍가게에 들러 소주와 담배, 몇개의 안주거리 과자를 샀다. 낡은 건물과 낡은 간판이 덕지덕지 붙어 있는 좁은 골목과 미로 같고 새우젓 냄새로 물씬한 재래시장을 지나 휴지와 전신주 아래 길고양이 노상방뇨를 하고 있고, 쓰레기 더미로 쌓인 대로변을 걸었다. 멀찍감치 벗어난 학교는 주사위처럼 작아졌고 손가락으로 퉁기면 멀리 튀어오를 것만 같았다. 어떤 숫자가 나오던 '1교시'일 것이다. 사치스런 소주와 과자를 사는 바람에 그들은 버스비조차 없다. 한두 번 겪는 일이 아니었기 때문에 그들은 크게 다투거나 싸우지 않았다. 그들은 광음역 철길을 따라 삼십 킬로미터 떨어진 소도시까지 걸어야 했다. 그들은 사철나무 울타리에 잘 닦여진 개구멍으로 두더지처럼 몸을 낮춰 통과했다. 역무원의 제지를 받지 않고 그들은 철길로 너무나도 쉽게 들어섰다. 광음역과 조금 떨어진 곳이고 많은 사람들이 사철나무 울타리 개구멍이나 철조망 울타리를 타고 넘나드는 일이 일상다반사였다. 대부분 가난뱅이나 가출 혹은 그들처럼 재미삼아 넘나드는 사람들도 허다했다. 비둘기호는 굼벵이처럼 느렸기 때문에 달리는 열차를 따라 달리며 손잡이를 잡고 올라 탈 수 있다. 그들은 작은 체구에 비해 날렵하고 재빨랐으며 비둘기호에 올라타는 것은 누워서 떡 먹기처럼 식은죽 먹기였다.

토요일 오후, 철로의 검으튀튀한 침목을 밟고 걷거나 펄쩍 뛰었다. 끝이 없어 보이는 레일을 딛고 허수아비처럼 양팔을 벌려 중심을 잡으며 걷는 친구들도 있다. 그들은 소도시로 향하는 멧세라는 마을에 작은 움막을 눈여겨 본 곳이 있다. 그곳은 이 세상으로부터 아니 어른들의 괴물로 부터 억압과 폭력과 간섭 없이 술을 먹을 수 있는 안락한 그들만의 비밀 아지트였다.

오후의 햇살은 압정에 찔리는 것처럼 까무잡잡한 피부

를 찌르며 따가웠다. 박한별은 발걸음을 엉거주춤 멈추더니 자신의 가방에서 담배 한 갑을 꺼내들었다. 어느새 박한별의 양손에는 성냥갑과 담배가 쥐어져있다.

그들은 박한별 주변으로 하루살이 떼처럼 우르르 몰려들었고 너나 할 것 없이 한 개비의 담배를 손에 쥐고 기뻐했다. 동욱 또한 담배를 코끝으로 훑으며 고무탄내 비슷한 니코틴 향을 느꼈다. 담배 향에 푹 빠져있다 보니 오싹한 전율과 현기증이 온 몸을 비틀며 휘감았다. 성냥개비 하나로 네 명이 돌아가며 담배에 불을 붙이고 붙인 담뱃불을 빌려 나머지 친구 두 명이 물고 있던 담배로 옮겨 붙였다.

그들은 끝이 없어 보이는 철로 레일을 밟고 걷거나 침목을 돌다리처럼 건너뛰며 걸었다. 잠시 묵묵히 침묵이 흘렀고 말없이 담배를 피워댔다. 멧세 마을의 움막에 도착하려면 이십 여분은 더 걸어야 했다. 갑작스럽게 그들은 철로 밖으로 뛰어 나가더니 뒤쪽을 향해 어깨를 세워 손짓을 하였다. 비둘기호 열차가 기적 소리를 내며 레일을 따라 달려오고 있다. 그들은 모두 사철나무 울타리에 몸을 낮추고 열차가 지나가를 기다렸다. 그들 앞을 지나가는 열차의 속도는 빠르지 않았지만 그들은 열차의 진동을 느끼고 싶어 거북이처럼 몸을 낮췄다. 무의미한 행동 같아 보였지만 그들에게는 나름대로 스릴과 재미를 갖는 일이었다. 그리고 보면 여섯 명 모두에게 공통의 주제가 형성되어 있었고 어떤 주제에 대한 공감대가 존재하고 있었다. 그 공통의 주제가 비슷하기 때문에 그들은 의형제 같은 친분을 유지 할 수 있었다. 그들의 최대 관심사는 여자 육체에 대한 호기심, 담배를 좋아하며, 술에 취해도 비슷한 화젯거리로 대화가 통한다. 그러나 언젠가 그들은 동질성을 느꼈던 관심사와 성에 대한 호기심과 담배, 술에 대해 다르게 느끼고 다르게 말할 것이다. 그 두려운 시간, 혹은 불소통과 불이해의 미래가 곧 들이닥칠 것이다. 누구도 그 성역을 거역하고 저항 할 수 없을 정도로 그들은 성인의 사고로 빠져들 것이기 때문이다. 성인, 그때의 모습이 현재의 모습과 다르듯이 서로 받아 들일 수 없는 주제와 관심사로 떠들어 댈 것이다. 그때 그들의 끈끈한 의형제의 관계는 완벽하지 않은 진열장 위의 유리병처럼 언젠가는 바닥에 산산조각 깨어질 것이다. 서로를 바라보던 친근한 미소와 눈빛이 어색하고 껄끄러워질 것이다. 그들도 알고 있다. 그러나 불확실한 성인의 세계, 미래를 두고 그 누구도 그들이 의형제의 관계에서 적으로 돌변할지, 더 이상 공통의 주제가 존재 할 수 없는 관계, 그 관계가 변질 되지 않을 것이라고 그 누구도 자신있게 말 할 수 없다.

상의가 땀에 흥건히 젖은 채로 그들은 철로를 걸었다. 비둘기 열차는 플라타너스 나무에 매달린 송충이처럼 어기적거리며 사라졌다. 붓질해 놓은 흰 구름과 대기의 강렬한 온도와 습도에 그들은 지쳐가고 있다.

"오늘 늙수그레한 딱정벌레 교주의 수업은 지겨웠어. 도대체 무슨 말을 하는지 모르겠어."

조용준은 허수아비처럼 두 팔을 벌리고 레일 위에서 중심을 잡고 있다.

"내가 알기로는 아첨꾼이라고 들었어. 비록 평교사이기는 하지만 승진하기 위해 무척 애썼다는데. 심지어 마누라까지 교장 집에 가서 부엌 청소일이며 김장김치 담그는 파출부 노릇까지 했다는데."

이용광이 덧붙였다.

"그 정도 머슴노릇 했으면 늙수그레한 딱정벌레 정도면 교장이 되었어야 하지 않아. 에-헴도 어울리고."

박한별은 되물었다.

"모르겠어, 교장 밑도 닦아 줄 정도의 아첨꾼이었는데도 승진을 하지 못하고 바보스럽게 교탁 앞에 서서 독백을 하다니. 누가 딱정벌레를 좋아하겠어. 오죽하면 딱정벌레 교주라고 누군가 별명을 붙여 줬을까."

이용광은 말이 끝나자마자 이기죽거렸다. 그리고 덧붙여,

"지난 주 목요일 딱정벌레 수업 때 송충이 잡은 거 기억하지."

이용광의 말에 모두 고개를 끄덕이거나 머리를 긁적였다. 박한별은 이용광의 말을 끊고,

"송충이 잡던 때 생각하면 지금도 온 몸에 송충이가 달라붙어 기어가는 것 같아. 용광이 네가 잡아 준 두 마리를 딱정벌레에게 내밀었더니, 너도 계집애냐고 하면서 다그치더라고."

박한별은 딱정벌레 교주로부터 당한 여자의 모욕과 수치심을 느낀 그 상황을 떠올리며 화가 치밀었는지 목소리 톤을 높였다. 그러더니,

"내게 말한 것처럼 다른 여자애들한테 똑같이 말했다면 아무 문제가 없어. 한 마리 잡아와도 딱정벌레 취향에 맞는 여자애는 다그치는 것 없이 수고했다고 칭찬해주고……머리를 쓰다듬어 주거나 어깨와 등을 토닥이고……자기 취향에 맞지 않으면 송충이 백 마리 잡아와도 '너는 이백 마리도 잡을 애야.'라고 무시하는 말투."

박한별은 딱정벌레에게 불만의 감정이 쌓였는지 흥분을 추스르지 못하고 폭발했다. 얼굴이 홍시처럼 붉으락푸르락 변해 버렸기 때문에 그 자신도 용광로처럼 걷잡을 수 없이 당금질한 뜨거운 감정의 흥분 상태를 어떻게 누그러뜨려야 할지 몰라 당혹스러운 모습이 역력했다.

"딱정벌레는 변태야."

목석처럼 묵묵히 그들의 뒤를 따르던 박민수는 한마디를 거들었다. 박한별을 위로하기 위해 한 말이지만 박한별에게 별 도움이 되지 않은 듯 보였다.

철로의 침목을 뛰어 넘거나 레일 위로 줄타기하듯 허수아비처럼 팔을 벌린 채로 중심을 잡아 걸었다. 사철나무와 잡풀로 우거진 철둑을 넘어 바둑판같은 논배미가 펼쳐 있다. 거친 붓으로 푸른색 바탕의 하늘에 흰 구름을 붓 터치하여 그려 놓으니 하늘은 어느새 모래톱처럼 뻘바닥을 드러냈다. 그들은 쉼 없이 걸었고 땀에 흥건히 젖어갔다. 그들은 꿀 먹은 벙어리처럼 걷다가 멀찍감치 주사위 크기의 움막이 보이자 소란스러워졌다.

"소주가 뜨거워졌어. 이걸 어떻게 먹지."

이용광이 물었다.

"괜찮아, 움막 바로 아래 개울가가 있으니까 그곳에 몇 분 담아두면 시원해 질 거야."

권정연이 한 마디를 보태며,

"네 형이 너를 찾지 않을까, 하루 전 네 형의 오토바이를 망가뜨렸으니 우릴 죽이려고 덤벼들 거야."

이용광은 낙담하여 고개를 푹 숙였다. 그러더니,

"너희들이 보태준 돈으로도 그 오토바이의 부속품을 고치거나 살 수도 없는데, 그 두 배의 돈이 더 필요한데."

"나는 돼지 저금통을 다 털었어."

박한별은 더 이상 자신이 다른 방법으로 도울 수 없다는 식의 소극적인 회피의 태도를 보였다. 그러나 이용광의 막무가내 형이 그들 모두 그냥 놓아두지 않을 것이 자명했다. 어떻게든 오토바이를 망가뜨린 그들 모두 죽이려들지 않을 까 겁을 먹었다.

"네 형이 가장 아끼는 애마인데, 아마도 지금쯤 오토바이의 시동이 걸리지 않는 것과 백미러가 나간 것을 알고 있겠지."

동욱은 침목 사이에 낀 자갈을 발로 걷어차며 말했다.

"지금쯤 고릴라가 되어 있을 걸, 우릴 죽이려고 동네방네 찾으러 다니고 있을 굉장히 난폭한 고릴라."

걱정스럽고 두려운 표정 감추지 못한 조용준의 대꾸였다. 언젠가는 맞닥뜨릴 위험한 상황을 어떻게 모면 할 수 있을까 고민하지 않을 수 없었다. 뚜렷한 묘안이 떠오르지 않는 상황에서 누군가는 나서서 방패막이가 되어 줄 사람이 필요했다. 그러나 누가 이용광 형의 분노에 맞서 방패막이가 되어 줄 수 있을까.

"이 모든 사건의 발단은 조용준이 때문이야. 오토바이 얘기만 꺼내지 않았더라도 아무런 문제가 없었을 거야."

이용광은 버럭 화를 내었다. 모든 잘못을 조용준 탓으로 돌리고 있다.

조용준 또한 자신의 이름이 거론되자 억울하다는 표정을 지으며 두 어깨를 으쓱거렸다. 그러나 대꾸하지 않고 능청스럽게 고개를 논배미로 돌렸다.

"고릴라 같은 네 형의 오토바이를 탈 무모한 생각을 하다니, 간이 배 밖으로 나왔던 거야."

박민수가 이기죽거리며 말을 거들었다. 이용광의 형은 자동차정비업소에서 일하는데 성격이 들쭉날쭉하고 괴팍하여 난봉꾼으로 소문났으며, 덩치는 고릴라 같은 큰 몸집이었다. 그 난봉꾼에게 시비를 거는 사람이 없을 정도로 난폭한 고릴라로 소도시에 소문이 파다했다. 시티100 오토바이는 이용광 형이 애지중지하는 애마 중에 하나였다. 하루도 빠짐없이 매일 오토바이 광택을 내기 위해 세차를 거르지 않고 파리가 낙상 할 정도로 마른 수건으로 반질나게 닦아놓을 정도로 애지중지하는 오토바이이다. 주말이면 애인을 뒷좌석에 태워 인근 공원이나 호수로 데이트를 하였다. 보물로 생각하는 오토바이를 그들이 망가뜨리고 줄행랑을 친 것이다. 조용준이 오토바이를 운전할 수 있다는 자만심과 허세를 부리지 않았더라면 거들떠보지 않을 오토바이였다. 조용준을 믿은 그들이었지만, 단 한 번 오토바이를 타보자는 제의와 호기심에 그들의 마음도 일순간 분위기에 파도처럼 휩쓸렸던 것이다. 그들은 방에서 하던 일을 멈추고 이층에서 창고로 다람쥐처럼 재빠르게 뛰어 내려갔다. 이용광은 형의 방에 들어가 작은 서랍장에 걸려 있던 오토바이 열쇠를 꺼내 들었다. 열쇠가 항시 작은 서랍장에 걸려 있다는 것을 알고 있었다.

  오토바이 안장에 앉은 조용준은 한껏 멋을 부렸다. 마치 독일의 아우토반을 내달리고 있는 듯 입으로 배기통

소리를 흉내 내며 내달리는 시늉을 했다. 그 모습을 지켜보고 있던 박민수가 잽싸게 조용준의 허리를 끌어안고 오토바이 뒷좌석에 올라탔다. 다시 독일의 아우토반을 경적소리를 내며 내달리고 있다. 이용광이 창고에 도착하자 조용준은 멈칫 거리는 것 없이 열쇠를 받아들어 오토바이 시동을 켰다. 눈 깜작할 사이에 쏜살같이 내달리는 조용준이었다. 오토바이 배기통에서 기침처럼 흰 연기를 컬럭컬럭 내뿜으며 엔진소리와 함께 그들의 시야에서 바늘처럼 가늘어지며 어느새 사라졌다. 멍하니 바라볼 수밖에 없던 나머지 친구들은 허탈해했다. 갑작스럽게 의견을 모으고 오토바이 탈 생각에 흥분했던 터라 조용준의 독립적인 행동에 친구들은 잠시 동안 멍한 채로 그 둘이 사라진 길로 넋을 잃은 채 바라보았다.

"뭐야, 제 멋대로 행동을 하고 그래. 저 오토바이는 내 것이나 마찬가지인데."

이용광은 땅바닥에서 조약돌 하나 주워 그들의 흔적을 더듬어 공중으로 던졌다.

"쳇, 여자인 나를 먼저 태웠어야지."

박한별은 삐친 채로 뾰루퉁하게 말했다. 권정연은 창고의 낡은 의자를 창고 밖으로 끌어다가 풀썩 앉았다. 그러더니 주머니에서 담배 갑을 꺼내들어 담배 한 개비를 물어 피웠다.

"용광이 부모님 오시면 어쩌려고 그래."

박한별이 권정연의 손에 들려 있는 담배를 빼앗으려 하자 휙하니 팔을 돌려 피했다. 이용광은 땅바닥에 발길질을 하며 먼지를 일으켰고 창고의 낡은 의자 하나를 권정연 옆으로 들고 와 앉았다. 그러더니 집게손가락으로 가위질 시늉을 하였다. 담배를 문 이용광은 연기를 내뿜으며,

"괜찮아, 부모님 모두 일하러 나갔어. 오늘 저녁에나 들어오실걸."

"그럼 네 형은."

"아, 걱정할 필요 없어, 오늘 송도저수지로 물고기 잡으러 낚시 간다고 했거든. 술 먹고 그러면 저녁 늦게 들어오겠지."

이용광의 얼굴에는 무덤함이 흘렀다. 그들은 조용준이가 오토바이를 몰고 올 때까지 창고 앞에서 무한정 기다릴 수밖에 없었다. 박한별은 기다리기가 지루 했는지 창고에 쌓인 오토바이 부품들을 만지작거렸다. 그녀가 알 수 있는 부품의 이름이란 없었지만 기계 부품이 진열장 위에 다양하게 놓여 있어 눈을 현혹시켰다. 진열장의 기계 부품들을 뒤적거리더니 금빛으로 빛나는 원형의 고리를 꺼내 들었다. 입가에 미소를 지으며 머리 위로 고리를 들어 보였다.

"나 가져도 되니."

박한별이 물었다. 이용광은 가져도 좋다는 식의 고개

를 끄덕였다. 박한별은 자신의 손가락에 일일이 껴보았다. 새끼손가락에 고리가 끼어졌다. 부챗살 같은 가느다란 손가락에서 금빛을 내는 고리를 좌우로 살펴 보더니 매우 흡족해하며 좋아했다.

　삼십분 정도 흘렀을까, 그 흥분은 증발한 고체처럼 온데간데없이, 창고 앞에서 옴짝달싹하지 못한 채 지루한 침묵의 시간을 버텨야만 했다. 그들이 오토바이를 타고 어디까지 갔으며, 엉뚱한 짓을 하고 있는가, 혹은 사고가 났는가, 별의별 상상을 하며 걱정이 들었다. 박한별은 기다리기 지루하다며 이용광의 방으로 향했고, 이용광은 시간이 흐를수록 초조한 기색을 감추지 못하고 담배를 두 개비 째 물어 피웠다. 또 다시 삼십분이 흘렀을 무렵, 콩알만 하게 보이는 누군가 파리 소리를 내며 그들 쪽으로 다급하게 뛰어오고 있다. 그들은 의자에 일어서서 콩알의 크기가 누군지 알아맞히려고 눈을 째푸렸다. 콩알의 크기가 싹을 피우 듯 성냥개비처럼 커지고 있다. 숨넘어가는 것처럼 허겁지겁 내달려오는 사람은 다름 아닌 오토바이 뒷좌석에 올라탔던 박민수였다. 동욱과 권정연은 무엇인가 잘못되었다는 것을 예리하게 직감 할 수 있었다. 숨도 고르지 못한 채 허겁지겁 뛰어오던 박민수 몸은 흙감태기였다. 마치 도자기 초벌을 굽기 위해 유약을 발라 놓은 모습이다. 동욱과 권정연은 박민수에게로 뛰어갔고 박민수는 숨이 넘어 갈 것처럼 헐떡였다. 박민수의 비명소리를 듣고 박한별은 이용광의 방에서 헐레벌떡 뛰어나와 흙감태기의 박민수 몰골을 보고 놀라 입을 벌린 채로 뒷걸음쳤다. 박민수는 자리에 쓰러져 벌러덩 드러누웠다. 대못이 바닥에 퉁겨지듯 쓰러진 그의 상체를 힘겹게 일으켜 세운 건 이용광이다. 이용광의 눈은 코끼리 눈처럼 크게 휘둥그레졌다. 아마도 그 모습을 보고 더 놀라고 당황스러워했던 사람은 바로 이용광 본인이었을 것이다. 자초지정을 물어 보려고 하였지만 박민수 육체는 커다란 선인장 줄기의 가시처럼 소름이 돋아 헐떡거렸다. 이용광은 오토바이에 대해 물었다. 그에게는 무엇보다도 고릴라 같은 형의 오토바이에 문제가 생겼으면 어쩌나하는 두려움이 앞섰기 때문이다. 사고가 나서 박살이라도 났다면 형한테 뼈가 으깨어지도록 맞을 것이 자명하다. 아니 교수대에 자신의 목에 줄을 칭칭 감을지도 모르는 일이다. 그의 조급함도 조급함이지만 흙감태기의 박민수는 눈치를 보다가 울먹이기 시작했다.

"조용준은 왜 안와. 무슨 일 생긴 거 아냐."

동욱은 박민수의 몸을 고무판처럼 흔들어 대며 물었다. 그러자 박민수는 한 숨을 내 쉬며 고개를 들지 못했다. 다그치는 말에 박민수는 입을 떼지 못했다. '네 모양이 왜 이래, 오토바이는-오토바이는-.' 이용광은 윽박지르며 박민수의 머리카락을 쥐어흔들었다. '어서 말해보라구.' 묵묵부답으로 일관하는 박민수의 태도 때문에 이용광은 숨이 멎을 듯 하여 그 자리에서 벌떡 일어나 허리에 양 손을 짚었다. 동욱은 어찌할 바를 몰라 박민수의 날선 숨이 진정되기를 흥분된 가슴을 쓸어내리며 기다릴 수밖에 별도리가 없다고 생각했다. 고무풍선처럼 팽창한 심장, 그의 육체는 들숨날숨 내쉬었고 점차적으로 축소되며 진정되어 갔다. 동욱의 몸에 진흙이 묻어나는 줄 모르고 그의 등허리를 감사 안았다.

"이리로 오다가…그만…논두렁으로…."

떨리는 목소리로 박민수는 말했다. 그의 떨리는 손은 돌담의 꼬부라진 길을 가리켰다.

"용준은 어떻게 된 거야. 다쳤어…팔이 부러졌어."

동욱은 자신도 모르게 그를 보채며 물었다. 이용광은 박민수가 가리키는 곳으로 어느새 내달리고 있다. 성냥개비처럼 작아지고 어느새 콩알 크기로 작아지더니 사라졌다. 박민수의 양 겨드랑이로 팔을 쑥 집어넣었다. 그를 일으켜 세우고 나서야 동욱의 몸도 진흙투성이가 되었다는 것을 알았다. 박민수의 팔을 잡아당기며 박한별과 동욱은 천천히 오토바이가 처박혀 있는 논두렁으로 발걸음을 재촉하였다.

논둑에 앉아 근심스러운 표정으로 담배를 피우고 있는 조용준이다. 이용광은 망연자실한 사람처럼 논둑에 서 있었다. 그들을 보자마자 조용준은 너스레를 떨며 허리 숙여 담배꽁초를 논흙에 비벼 껐다.

"커브를 돌려고 하는데 속력을 줄이지 못해 그만…."

궁색한 변명을 늘어놓고는 너스레를 떨었다. 박한별은 조용준에게 뛰어갔다. 조용준은 논두렁에 대못처럼 처박았는지 머리와 얼굴 전체가 흙감태기였다. 초벌구이 들어가기 전의 도자기 같다는 생각이 들 정도로 우스꽝스러운 모습이었다. 그러나 그 앞에서 드러내놓고 웃을 수 있는 상황이 아니었다. 가슴 깊이 지신밟기처럼 억누를 수밖에 없는.

이용광의 오만상으로 일그러진 얼굴에는 비통함이 거미줄을 치고 있었다. 아무래도 그의 뇌리로 고릴라 같은 형의 모습이 스쳐갔으리라. 진흙 구덩이에 빠져 있는 오토바이를 꺼내는 것이 그에게는 급선무였다. 이곳에서 머뭇거리다가 마을 사람에게 발각이 되면 쓰러진 벼를 변상해야 하고, 오토바이가 논배미에 전복했다는 사실이 고릴라의 귀에 쏜살같이 들어갈 것이다. 그 이후는 말하지 않아도 뻔 할 것이다. 악몽 그 자체. 이용광은 손사래를 치며 큰 목소리로 논배미에 처박힌 오토바이를 꺼내는 일을 도우라고 소리쳤다. 진흙구덩이에서 꺼내는 일은 쉬운 일이 아니었다. 그들은 하나같이 질퍽이는 논에 빠져 온몸이 더러워졌다. 주변을 살피며 젖먹던 모든 힘을 오토바이를 논배미에서 꺼내는 일에 소진하고 있다. 논배미에 쓰러진 벼는 막대사탕 같은 자국의 모양이 생겼다. 막대사탕 같은 둥근모양은 오토바이가 처박힌 곳이고 길처럼 기다랗게 막대의 모양은 그들이 논배미에서 빠져나온 길이었다. 그렇게 벼들은 쓰러졌다. 오토바이의 열쇠를 꽂고 잡아 비틀어 시동을 거는 이용광이다. 신이 자신을 조금이라도 걱정하고 보살핀 다면 오토바이의 심장이 되살아 날 것이다. 그 간절한 마음으로 기도문의 주문을 외며 열쇠를 비틀었다. 미동도 하지 않는 오토바이다. 어쨌든 완전범죄를 저지르기 위해서는 오토바이에 묻어 있는 진흙을 걷어내고 씻어내어 창고에 놓여 있던 그 원래상태 그대로 다시 만들어 놓아야 한다.

그들은 일 킬로미터 정도 오토바이를 앞과 옆, 뒤에서 밀어 집 앞 창고까지 끌고 왔다. 그들은 누구랄 것 없이 개미처럼 자신의 역할을 충실히 해내고 있다. 박한별은 걸레와 수건을 챙겼고 동욱과 권정연은 창고에 놓인 호수를 끌어다 수도꼭지에 연결을 하였다. 조용준과 박민수는 꼬챙이를 구해 오토바이에 덕지덕지 붙어 있는 진흙을 걷어내고 있다. 오토바이 왼쪽의 백미러가 덜렁거리며 손잡이에 매달려있다. 미처 발견하지 못한 부분이었다. 우선 시급한 것은 세차였다. 오토바이뿐만 아니라 자신의 몸도 깨끗이 닦아내야 한다는 것을 알았다.

그들은 개미행렬처럼 논다랑이의 좁은 농로를 지나 움막으로 향했다. 허리까지 차고 올라온 고수풀과 개망

초 꽃이 보도블럭처럼 들판에 빼곡하게 깔아놓고 움막주변으로 울타리를 형성하고 있다. 움막으로 모여든 고수풀과 개망초 꽃은 소슬바람에 너울처럼 쓸리고 있다. 움막 뒤편으로는 쥐똥나무가 굵은 소금 알갱이 같은 꽃으로 치장하고 있다. 태풍이라도 불어 닥치면 곰팡이로 얼룩진 슬레이트 지붕은 종잇장처럼 찢겨지며 날아가 버릴 것만 같다. 거미줄을 걷어내며 움막 안으로 들어서자 망가진 상여와 관이 놓여있다. 조용준은 얼굴과 머리로 뒤덮인 거미줄을 걷어내며 까탈스럽게 짜증을 부렸다. 꽃상여 안에는 지난주에 먹고 버렸던 소주병과 담배꽁초가 쌓여 코가 휠 정도로 역겨운 냄새를 풍겼다. 박한별은 비닐봉지에 쓰레기를 주어 담더니 재빠르게 움막 밖으로 내다버렸다. 움막은 오래 전부터 이 마을에서 상여를 보관하는 장소로 쓰였던 곳이다. 마을에 초상이 나면 마을사람들은 이 상여집에 모여들어 나무틀과 판자로 꽃상여를 만들었다. 아직도 벽면 구석에는 썩어가는 나무틀과 판자가 버려져 있다. 그들은 상여집이 방치되는 날까지 자신들의 아지트로 삼기로 하였다. 박한별은 열일곱 살의 소녀답게 주변의 잡다한 쓰레기를 치우더니 꽃상여 안에 숨겨 두었던 돗자리를 꺼내 바닥에 펼쳐 놓았다.

  그들이 말하는 아지트인 움막(상여집)을 최초로 발견하고 알린 사람은 동욱이었다. 그때도 동욱은 버스비로 담배와 음료수를 샀고 광음역 철길을 따라 이십 킬로 되는 소도시로 무려함을 달래가며 걸어갔다. 송곳처럼 산봉오리가 솟은 칠봉산 아래는 말 그대로 벌판이었다. 그루터기 논은 회색빛으로 황량했고 그 사이 주사위만한 움막이 눈에 띠었다. 광음에서 소도시의 중간쯤 이였으니까 십 킬로미터는 족히 걸었을 것이다. 추위에 담배만 축내고 있던 동욱음 칼바람을 피해 쉴 곳을 찾던 중 움막을 발견했고 그 이후로 아지트 삼기에 비밀 적당한 장소로 생각했다. 동욱은 앞뒤 돌아볼 겨를 없이 움막으로 뛰었고 녹이 슨 자물쇠는 발길질로 힘껏 걷어차니 부러졌다. 움막 안은 어두웠다. 달랑 뙤창문 하나에다 섞은 나무 냄새가 코끝을 후렸다. 꽃상여와 관이 놓여 있어 누구나 처음에는 공포와 두려움을 느꼈을 것이다. 그 공포와 두려움도 잠시 동욱은 썩어가는 나무를 주어 움막 안에 불을 지폈다. 몸을 녹이면서 동욱은 여러 개비의 담배를 피웠고 이상하리만치 움막을 벗어나 술에 찌든 여염집 어머니를 생각하니 집으로 가고 싶지 않았다. 썩은 나무는 잘 탔다. 삽시간에 나무토막 전체로 불이 옮겨 붙었고 불꽃이 인도의 까탁 같은 춤사위로 보였다. 살얼음 같은 공포와 두려움도 어느 순간 극복이 되었고, 실체가 없는 공포와 두려움이란 것도 사실 어떻게든 극복이 되면 우습게도 개미를 밟아 죽이는 것처럼 사소한 감정의 하나라는 것을 알았다.

   그 이후로 동욱은 자기 자신을 비롯한 다섯 명의 친구

들과 움막을 찾기 시작했고 처음의 공포와 두려움의 감정을 개미를 으깨어버리듯 짓밟았다. 지금은 그들에게 움막은 피안의 세계와 같은 장소로 여겨졌다. 술을 먹거나 담배를 피우거나, 해괴망측한 음담패설을 늘어놓아도 그 누구하나 간섭 할 사람이 없으니.

이용광은 딱정벌레 교주의 횡설수설을 못마땅하게 여겼다. 그는 수차례 새끼손가락으로 귓속을 후벼 팠다. 딱정벌레 교주가 귓속으로 들어와 옹알거리고 있다는 느낌이 들었는지 짜증을 부렸다. 뜬금없이 조용준은 자리에서 벌떡 일어서더니 멧돼지에게 쫓기는 사람처럼 황급히 움막을 빠져나갔다. 갑작스럽고 돌발적인 행동이었지만 그들은 아랑곳없이 돗자리에 늘어놓은 과자부스러기와 술을 먹었다. 얼마 지나지 않아 조용준의 손에는 화살나무 새순과 산딸기를 한 움큼 손에 들고왔다.

권정연은 애장품인 잭나이프를 꺼내들더니 공중재비를 하듯 칼끝을 손에 쥐더니 공중으로 휙 던졌다. 그러더니 잭나이프를 손에 쥐고 예리한 칼날을 그들 시선 앞으로 휘두르며 갖은 폼을 다 잡았다. 칼날에 입김을 불어넣어 옷깃으로 양날을 반들대게 닦았다. 자신의 행동이 그들에게는 볼품없어 보였지만 잭나이프를 다루는 솜씨가 다른 사람들에게 자신의 모습이 의연하고 멋있게 보이고 있다고 착각을 했는지 잭나이프의 칼날을 휘두르다가 손잡이 안으로 날을 접었다. 그는 교실에서도 잭나이프를 꺼내 자랑하거나 묘기를 부렸다. 특히 잭나이프가 독일제라는 것과 길거리 잡화점에서 흔히 구할 수 없는 귀한 것이라는 것을 강조하며 자랑삼아 묘기를 부렸다. 학우들은 권정연의 잭나이프에 관심을 두지 않았다. 그럼에도 불구하고 학우들이 독일산 젝나이프와 잭나이프를 능숙하게 다루는 자신의 솜씨를 부러워할 것이라고 그는 믿었다. 잭나이프는 그에게 남달리 애정과 추억이 깃든 물건이기도 했다. 목수였던 아버지가 항시 몸에 지니고 다녔던 잭나이프였으며 항시 어린 그에게 아버지는 칼에 대한 많은 이야기를 들려줬다. '칼은 남자에게 매우 중요한 거다, 애야. 사람처럼 거짓말을 하지 않거든. 네가 재능을 갖고 칼을 사용하면 그 칼은 네 재능대로 말을 할 거다.' '칼이 말을 해요.' '칼하고 네가 한 몸이 되면 네가 느낄 것이다. 칼이 네게 말하고 있다는 것을.' 그는 아버지가 자신에게 했던 말을 잭나이프를 만지작거리며 기억을 떠올렸다. 아니 잭나이프를 볼 때마다 그 의미를 떠올렸다. 자기 자신과 아직 한 몸을 이루지 못하고 있다는 생각이 들었다. 언제 칼하고 자신과 한 몸이 될 수 있을까. 그는 부쩍 그런 생각으로 골몰해 있을 때가 많다.

어쨌든 잭나이프는 공사장에서 목수 일을 하던 아버지가 사고로 죽고 유일하게 유산으로 남긴 독일제 칼이었다. 그는 잭나이프를 통해 아버지와 교감을 하는 것이었다. 희미하게나마 아버지의 얼굴과 체취를 잭나이프를 통해 느낄 수 있었다.

"저 칼 때문에 딱정벌레 교주에게 혼쭐 난적이 있지. 교무실에 끌려가서 학생부장에게 봉걸레로 흠씬 맞고 반성문까지 쓴 일……."

동욱은 잭나이프 때문에 학교가 발칵 뒤집힌 일을 떠올렸다. 소지품 검사는 학생부장과 선도부의 일이었다. 한 달에 두어 번 정도는 느닷없이 소지품을 검사하곤 하였는데, 그날따라 딱정벌레 교주와 완장을 찬 선도부가 동행하여 느닷없이 교실로 들이닥쳤다. 대부분 담배와 성냥이 주류를 이루었고 야한 잡지 「선데이 서울」이 학우들의 책가방 안에서 나오기도 하였다. 야한 잡지는 대부분 교문에 들어서기 전에 돌 틈이나 울타리에 숨겨 놓는 게 다반사였다. 운 나쁘게도 가방에 야한 잡지를 넣고 다니는 학우들은 지각생이거나 다른 학우와 돌려 보기 위해서 모험을 감행한 것이었다. 또한 가방에서 바비인형과 여자 속옷이 나오기도 하였다.

어느 날, 불시에 교실로 선도부를 대동하여 들어온 딱정벌레 교주가 교단 위로 올라서더니 손에 쥐고 있던 몽둥이를 교탁에 탁 내리쳤다. 게이 같은 한 학우의 가방에서 발가벗은 바비인형과 옷가지들이 나왔다. 선도부는 바비인형과 옷가지들을 학우들에게 들어 보이며 그 여성스러운 남자 학우를 조롱거리로 삼았다. 선도부의 조롱에 그 학우는 울분을 참지 못해 교실 밖으로 뛰어나갔고, 학우들은 웅성거리며 나지막이 그의 뒷담아를 속닥거리며 학우를 비웃었다. 문제는 권정연이었다. 항시 잭나이프를 들고다니며 학우들에게 묘기를 부리며 자랑했기 때문에 선도부들은 그의 가방에 잭나이프가 들어있다는 정보를 사전에 알고 있었다. 잭나이프를 가방에 혹은 바지 주머니에 소지하고 다니는 것은 학교의 규칙에 크게 벗어나는 일이며 크게는 정학의 처분을 받을 수 있는 문제였다. 친구들이 우려했던 사건이 터지고 말았다. 잭나이프는 권정연을 살인자로 내몰았다. 그는 며칠 동안 학생부장에게 호출이 되었고, 취조하다 싶을 정도의 같은 질문을 번복하여 되묻고는 하였다. '누굴 죽이려고 하였느냐, 누구냐,' 학생부장이 그에게 한 말이라고는 그 말뿐이었다. 그는 변명할 틈도 없이 학생부장의 고함과 위협을 가하는 취조에 귀를 틀어막고 침묵으로 일관했다. 그는 정학 위기에 맞았지만 그는 오랜 침묵 끝에 잭나이프에 대해 입을 열었다. 아버지의 유품과 자신이 그것을 소지하고 다니는 그 이유와 의미를 구구절절 설명하였지만 잭나이프는 선도부에게 압수당했다.

며칠 뒤 잭나이프를 압수한 선도부의 손에 정연의 잭나이프가 들려 있다는 소문이 파다했다. 애초부터 선도부 중 한 명이 독일제 잭나이프에 눈독을 들이고 있었던 것이다. 그는 학생부장과 딱정벌레 교주를 이용하였고 자신의 완장을 이용하여 잭나이프를 빼앗은 것이다. 오른쪽 팔뚝에 찬 가죽 완장에는 노란색 바탕에 검정색 글씨의 선도부라고 적힌 글자 그것은 학우들에게 절대 권력의 상징이었다. 학생부장과 딱정벌레 교주는 선도부 학생의 업적을 치하하는 차원에서 잭나이프를 선물로 줬다. 조금 우스꽝스럽고 이해가 가지 않는 부분이 많았지만 권력과 완장 앞에서 그들은 모두 개미에 지나지 않았다. 의기소침하고 울상이던 권정현은 선도부가 자신의 잭나이프를 갖고 있다는 소식을 접하자 며 칠 동안 학교를 무단 결석하였다. 이어 교내에는 뒤숭숭한 소문이 나돌았고 선도부 중 한 학생이 자신의 집 앞 공터에서 몽둥이로 몰매를 맞았다는 것이다. 다름아닌 권정연의 잭나이프를 소지하고 있던 선도부 중 한명이었다. 범인이 누군지는 밝혀지지 않았고 덩치 큰 형사들이 몇 번 학교를 들락날락 하더니 며칠 지나지 않아 그 소란도 누그러지고 잠잠해졌다. 일주일 만에 학교를 등교한 권정연은 다른 때와 별반 다를 것 없이 활달했다.

어쨌든 그 사건은 미궁으로 빠졌고 선도부는 어깨와 허리 골절상을 입고 달포 넘게 입원 치료를 받았다. 그 이후로 권정연은 잭나이프를 교실 안에서나 밖에서건 학우들에게 자랑하지 않았다. 오직 여섯 명에게 보여 줄 뿐이었다.

희귀한 소문 몇 가지를 보태면, 잭나이프를 휘두르고 독일제 수입품이라고 너스레를 떨며 자랑하던 그 때, 학우들은 정연의 꼴사나운 모습을 시기와 질투를 하며 많은 유언비어를 만들어 유포했다. 즉 정연은 잭나이프를 이용하여 인육을 먹는 식인종, 혹은 약자를 위협해 돈과 물품을 빼앗는 강도 등 터무니없고 어이없는 잡다한 괴물같은 소문들을 양성해냈다. 정작 본인은 그 소문의 근원지와 내용에 대해 알려고 노력하지 않았을 뿐더러 골칫거리로 생각하지 않았다. 그 소문이 교내로 확산이 되고 자신이 거대한 악마로 탈바꿈해버리면 완장을 찬 선도부나 학생부장도 자신을 두려워 할 것이라고 믿고 있었기 때문이다. 그는 말을 보태어 자신의 집에 사람 손가락이 벽에 걸려 있다고 헛소문을 유포하고 붉은 피를 보면 그 피를 다 마시고 싶다는 몽상적이고 유치한 상상력을 발휘하여 유포시켰다. 우리 다섯을 제외한 다른 학우들은 그를 볼 때마다 경멸과 두려움으로 그를 멀리하였다. 그는 학우들의 따돌림에 아랑곳하지 않고 경계하는 학우들의 태도를 보며 즐거워했다.

 그들은 움막 안에 촛불 몇 개를 밝히고 소주를 마셨다. 권정연은 여전히 잭나이프를 꺼냈다 넣었다 집요하게 반복하면서 공중에 휘둘렀다. 그들에게는 정연의 행동이 일상적이었기 때문에 그가 위협적인 행동을 하거나 나무 벽에 잭나이프를 던져 꽂아도 신경을 쓰지 않았다. 그는 잭나이프의 칼날을 손잡이 쪽으로 접었다. 그리고 바지를 무릎까지 걷어 올린 후 양말 안 쪽에 잭나이프를 넣었다. 그는 그렇게 잭나이프를 숨겨 학교에 갖고 다녔던 것이다. 완장을 찬 선도부라고 해도 학우의 몸 전체를 더듬지는 않았다. 바지주머니나 가방 정도에 그쳤을 뿐이다.

 어느덧, 움막 밖으로 어둠이 내리깔리고 있다. 이용광은 그 자리에서 벌러덩 드러누웠다. 조용준은 담배를 꼬나물고 있고 박민수는 사타구니를 긁적이며 소주잔의 소주를 비웠다. 진열장에 올려놓은 장신구처럼 단조로운 모습으로 그들은 돗자리에 앉아 있다. 풀벌레 울음소리가 움막을 포위하고 뻐꾸기 울음소리가 간혹 어둠 속에 쏘아 올린 활처럼 어디론가 날아가 꽂히었다. 촛불 몇 개를 의지하고 있어 어둠은 움막 안을 원형의 공간으로 만들었다. 권정연은 귀신 얘기를 꺼냈고 그 얘기에 치를 떠는 박한별이다. 이용광은 몸을 틀어 옆으로 눕더니 한숨을 길게 내쉬었다. 아무래도 형이 오토바이 때문에 자신을 찾으려고 동네방네 수소문하고 다닐 것이라고 생각하니 끔찍했다. 형은 분명 고릴라 괴물로 변해 자신을 으깨어버릴 괴력으로 며칠 동안 괴롭힐 것이다. '지금쯤 알고 있겠지. 오토바이가 볼품없이 망가졌다는 것을.' 그는 속엣 말로 중얼 거렸다. 덧붙여, '오늘 여자 친구와

데이트 망쳤을 거야, …어떻게 무마하지.'

그는 오토바이를 머릿속에 떠올리며 두 손으로 머리카락을 움켜잡았다.

"걱정 할 필요 없어, 아무리 고릴라 같은 형이라고 해도 네가 하지 않았다고 발뺌하면 어쩔 수 없을 거야."

동욱은 고심하는 그의 마음을 꿰뚫어 보며 물었다.

"아니, 어떤 변명도 통하지 않을 걸. 그 괴물에게는."

그는 가위질 하듯 딱 잘라 말했다. 그래도 동욱은 우겨보라고 할 셈이었다. 나머지 네 명 모두 동욱과 같은 생각이었는지 꺼내는 말이 엇비슷했다.

우레와 같은 소리가 우르르 쾅쾅 들렸다. 여섯 명 모두 대수롭지 않은 듯 야유의 함성을 밤하늘에 보내며 깔깔 웃어댔다. 마치 귀신이 움막 주변을 둘러싸고 한 명씩 죽음의 길로 안내 할 것처럼 두려움이 엄습해 왔지만, 그들은 옴짝달싹 갇힌 채로 움막에서 하룻밤을 함께 보내야만 한다.

장대비가 마른 땅에 꽂히며 쇠꼬챙이처럼 쏟아지고 있다. 시간이 조금 흐르자 움막 안으로 빗물이 스며들고 낯선 목소리가 폭우 소리를 밀치며 들려온다. 잘못 들은 소리라고 믿고 싶었지만 그들은 서로의 눈빛을 교환하며 이상야릇한 여성의 목소리를 들었다는 것을 확인했다. '네 이놈들, 상가집에서 뭐하고 있는 짓이냐.' 우리는 공포와 두려움을 극복했다고 너나 할 것 없이 그렇게 믿고 있었다. 귀신의 목소리, 그것은 환청일 수 있고 현실일 수도 있다. 그러나 동욱 혼자뿐만 아니라 여럿이 들은 목소리다. 폭우가 블랙홀처럼 영혼과 육체를 빨아들이고 있는 것이다. 그들은 처음 대범한 태도와 달리, 서로의 몸을 끌어 당기며 촛불을 하나씩 손에 들었다. 촛농이 손에 떨어져도 그들은 뜨거운 것을 느끼지 못한 채 공포와 그 이상의 두려움과 싸워야했다. 실체가 없는 그 목소리의 주인공은 폭우가 만들어 내는 소리 일지도 모른다. 그들의 판단력과 생각은 무엇을 결정하고 이성적으로 대처하기에는 나약했다. 가공되지 않은 그 무엇에 그들은 떨고 있다. 움막 밖에서는 귀신의 목소리만 들린 것은 아니다. 여섯 명의 이름을 순서 없이 부르기 시작했다. 오싹한 전율이 강철일 것 같은 그들의 심장을 콩알로 움츠러들게 만들었다. 풀벌레와 간혹 들리던 뻐꾸기 소리도 들리지 않았다. 거대한 몸집이 움막을 집어 삼킬 것만 같은 두려움과 공포, 그들은 낯설고 새로운 것에 미개한 인간 개미라는 것을 새롭게 확인하고 있다.

제3장
손길

제3장 손길

 기계음이 가늘고 긴 쇠줄을 문틈 사이로 밀어 넣고 긴 곡선을 그리며 들려온다. 기계음이 멈추고 임씨의 목소리가 구겨진 종이 한 장을 쑤셔 넣는 것처럼 귓속을 파고든다. 다시 기계음이 엥-하고 들려온다. 때론 화가 난 복어처럼 볼이 커졌다가 작아지기도 하며 다시 기계음이 멈춘다. 오전은 그 기계음에 빠져 디베르티멘토와 바울은 에-엥 소리를 흉내 내었다.
 글라우디아는 두 손가락을 오므렸다 펴며 정확히 발음되지 않는 단어를 구사하려고 애썼다. 혀가 입천장에 가볍게 닿고는 '디' 발음을 내었다. 그 다음에 발음된 단어는 '베' 자였다. 끝으로 '료' 였다. 디베르티멘토 호칭을 한 글자씩 어렵게 발음하고 나서 글라우디아는 임씨가 감자를 던져 줄 때 부른 이름을 더듬어 기억을 따라가고 있었다. 자신의 이름과 바울의 이름을 어렵게 떠올리고는 발음에 성공했다. 일순간 기계음을 흉내내고 있던 디베르티멘토와 바울은 글라우디아를 휘둥그레진 똘망한 눈으로 바라보고 있다. 그 둘은 글라우디아의 발음에 놀랐으며, 임씨가 한 끼 식사로 감자를 던져 줄 때 자신들을 부르던 호칭을 명확하게 발음하였기 때문이다. 디베르티멘토와 바울은 조심스럽게 글라우디아에게 다가갔다. 혹여 글라우디아가 자신들의 이름을 부른 것인지 임씨가 부른 것인지 착각이 들 정도였다. 그 둘은 글라우디아에 다가가며 문쪽으로 고개를 슬그머니 돌리기도 하였다. 손으로 글라우디아의 어깨를 툭 쳐보는 디베르티멘토였다. 글라우디아는 움찔하며 구석으로 몸을 웅크렸다. 두려웠다. 평상시 그 둘에게 느낄 수 없는 경계의 눈빛이 칼날같아 두려웠다. 바울은 바보스럽게 글라우디아에게 두 손을 뻗었다. 그리고 발등에 입을 맞추고 혀로 윗입술을 촉촉이 적시었다. 디베르티멘토는 침착해 보였다. 바울의 행동을 지켜보다가 주먹으로 그의 머리를 한 방 내리쳤다. 머리를 두 손으로 감싸며 으르대며 괴음을 내지르는 바울이다. 한 발 물러서며 바울은 두 손으로 얼굴과 머리를 자해하 듯 쥐어짜며 분통해했다. 그러나 디베르티멘토에게 덤비지 못하고 화풀이로 벽을 두 주먹으로 내리쳤다.

 기계음은 파도소리처럼 먼 곳과 가까운 곳으로 휘젓고 다녔다. 즉 소리가 커졌다 작아지며 끊임없이 공간에 회전하였다. 디베르티멘토는 고개를 갸웃거렸다. 손동작으로 배꼽에서 목까지 회전을 시키며 글라우디아에게 강력하게 무엇인가를 요구하기 시작하였다. 즉 자신의 호칭을 발음해보라는 표현이었다. 글라우디아는 디베르티멘토의 위협적이고 강력한 요구가 무서웠다. 그리고 자신의 입에서 발음되는 호칭, 그 내면에서 울리는 음성이 두려웠다. 묘한 감정과 전율 속에서 그녀는 갈피를 잡지 못하고 있다. 자신의 눈앞에 다가 선 디베르티멘토의 의뭉스런 눈빛으로 바라보는 그 자신이 두렵기도 했다. 그녀는 자기 자신이 무슨 짓을 하였는지 모르고 있다. '디베르티멘토'의 발음은 임씨와 교주, 교주의 아내만이 할 수 있는 고귀한 능력 그뿐인 줄로만 알고 있다. 그들에 의해 호칭이 불러지면 첫째로 발등에 입을 맞추고 둘째로 감자와 고구마를 받아먹도록 훈련이 되어 있었기 때문이다. 그러나 글라우디아의 또렷한 발음은 그 둘을 놀래 키우며 그 호칭을 발음한 본인도 놀라 정작 어리둥절해 어찌할 바를 모르고 있었다. 공황상태에 빠져 있는 것인지 혹은 당황했거나 신비로움에 정신을 빼앗긴 것인지, 디베르티멘토와 바울은 자신의 손을 가칠한 입술에 가져갔다. 자신들도 글라우디아의 발성에 대해 호칭의 단어 하나씩 발성하려고 노력하였다. 단 한 번도 서로의 호칭을 불러보지 않았고 그러한 언어를 발성해 본적도 없었다. 짐승의 소리처럼 즐겁거나 괴롭거나 고통이 따를 때 내지르는 으르대는 괴성, 똑 같은 단성에 지나지 않았을 뿐이었다. 디베르티멘토는 자신의 입술을 더듬거리던 손끝을 글라우디아의 부드러운 입술로 뻗었다. 촉촉하고 얄브스름한 입술에서 묘한 느낌을 전달받았다. 실리콘처럼 물컹하면서도 뇌하수체에 미세하고 자극적인 전류가 전달되었다. 그에게는 몽롱한 감촉과 자릿한 감정을 처음 느꼈다. 아니 오래 전부터 그들 모두 그런 느낌을 느껴 본적이 없었다. 어둠 속에서 태어났으며 항시 어둠과 뙤창문으로 보이는 녹초지와 숲, 그 액자가 전부였다. 다른 아이들처럼 학교를 다니거나 강가에 뛰어노는 일은 상상조차 할 수 없는 일이다. 자기 자신들이 축사 같은 장방형의 공간에 갇혀 짐승처럼 훈육 되었으리라고는 상상조차 하지 못했다. 배가 아파오면 그때마다 쇠사슬 소리와 함께 임씨나 교주가 움막 문 안으로 들어와 감자를 집어 던져준다. 그리고 뙤창문 주위로 어둠의 장막이 뒤덮이면 자연스럽게 배가 아프고 그때마다 임씨가 장방형으로 들어와 감자와 고구마나 배춧잎사귀를 꾸역꾸역 입속에 우겨 넣으면 배고픔이 사라진다. 즉 그것은 배고픔이었고 그 배고픔은 그들에게 배 아픔이었는데 본능 그 자체로 느끼는 그것이 전부이었다. 몇 년 동안, 아니 그들에게는 수십 년 동안 반복적인 생활일 뿐이었다. 언어도 모르고 숫자와 시간 개념도 알지 못했다. 습하고 구린내가 물씬 풍기는 장방형의 공간이 세계의 전부이자 자신들의 유일한 안식처라고 여겼다.

디베르티멘토는 아랫입술을 집게손가락으로 잡고 오물조물 거렸다. 괴성이 터져 나올 것처럼 불안해 보였지만 그는 미간을 새기며 턱을 당기고 글라우디아를 부르기 위해 노력했다. 교주가 임씨를 부른 것처럼 디베르티멘토 또한 그녀의 호칭을 발성하려고 했다. 임씨가 배아픈 시간에 맞춰 감자와 고구마, 배춧잎사귀 사료를 주기 위해 호칭을 부르던 그 목소리와 이름을 머리에 상기시켰다. 혀와 입술의 움직임 까지. 임씨의 괴물 같은 이미지를 떠올리며 그 목소리를 흉내 내려고 애썼다. 입 모양을 흉내내려고 했지만 소리는 목에 걸린 가시마냥 턱 밑에 차 입 밖으로 발성되지 못하는 호칭 때문에 그는 괴로워했다. 미묘한 감정과 느낌, 낯설음이 두렵게 느껴졌다. 그는 가슴에서 뇌하수체로 차오르는 염증의 감정을 억누르며 발성을 멈추지 않았다. 그 뒤에서 지켜보고만 있던 바울이 '디베르티멘토' 라고 말했다. 끊김 없이 디베르티멘토의 호칭을 발성한 것이다. 순간 디베르티멘토는 놀라 몸을 돌려 바울의 양어깨를 잡았다. 바울의 눈은 휘둥그레졌다. 그는 글라우디아의 입 모양을 보며 흉내를 내려고 했을 뿐이었다. 자신도 모르게 디베르티멘토의 호칭이 발성이 된 것이다. 자신도 놀랐을 뿐만 아니라 글라우디아와 디베르티멘토도 놀라게 만들었다. 디베르티멘토는 바울의 어깨를 흔들었다. 다시 한 번 발성하라는 식의 표현이다. 바울은 긴장하고 불안하였는지 더듬거리며 '디-베-료'라고 발성하였다. 바울은 자신도 모르게 뒷걸음질 치며 너무 놀라 두 손으로 자신의 얼굴과 가슴을 번갈아가며 더듬었다. 글라우디아는 자신도 모르게 신이 났는지 박수를 치며 괴성의 웃음소리를 내질렀다. 바울은 웃고 있지 않았지만 도미노 현상처럼 전염된 박수를 쳤다. 디베르티멘토는 글라우디아와 바울의 얼굴을 번갈아 훔치며 기계적인 움직임처럼 뻣뻣하게 박수를 쳤다. 자신이 무슨 까닭으로 박수를 치는지 몰랐다. 우레와 같은 엇박자 박수가 멎자 어색할 정도로 침묵이 흘렀다. 그들은 서로의 눈치를 살피기라도 하는 듯 얼굴을 번갈아 훔치었다.

한 가지의 회초리 유형으로 들리던 기계음이 멈추었다. 마치 메아리처럼 기계음이 사라지고 이상하리만치 정적이 암석의 무게처럼 그들을 짓누르고 있었다. 세상의 모든 생명체가 사라진 것처럼.

"제길"

문 앞에서 임씨의 인기척이 들려왔다. 말문이 트였는지 글라우디아는 녹음기처럼 '제길' 하고 따라 말했다.

문고리로 감아 놓은 쇠사슬이 맥없이 쓰러지는 사람처럼 땅 아래로 풀리며 떨어졌다. 소리에 민감한 바울은 문손잡이 쪽으로 시선이 가 있다가 쇠사슬이 땅 바닥으로 향하는 느낌이 들자 소리를 따라 고개를 숙였다.

흰 수건을 목에 두른 실루엣의 임씨가 빈정거리며 장방형의 공간으로 들어왔다. 얼굴의 비지땀을 목에 두름 수건으로 닦아내며 손에 쥐고 있던 쌀 포대를 바울 앞에 내던졌다.

"바울, 입어. 어서."

그러고는 바지주머니에서 담배 갑을 꺼내들더니 뻐드렁니 입에 한 개비를 물어 피웠다.

"제길, 생선 썩은 악취가 진동하구만."

그는 악취냄새에 미간에 주름을 늘려가며 한 마디 내뱉었다. 바울이 쌀 포대를 만지작거리자 그 모양새가 답답하고 화가 치밀었는지 발길질로 바울의 허리를 걷어찼다. 바울은 괴성을 연달아 내뱉으며 고통을 호소했다. 바닥에 쓰러져 나뒹굴다가 동정의 눈빛으로 임씨를 올려다보았다. 그리고 재빠르게 엉금엉금 기어가 임씨가 신고 있던 장화에 수차례 입을 맞추고는 동정을 갈구하는 고양이 눈빛을 보냈다. 글라우디아와 디베르티멘토는 두려움에 떨며 구석에 몸을 웅크리고 본능적으로 회피하여 눈치만 살피고 있다. 임씨는 새끼손가락으로 귓구멍을 후벼 파며 거머리처럼 달라붙어 있는 바울을 발로 밀쳐냈다. 임씨는 냉담하게 쌀 포대의 구멍 난 곳에 머리를 넣으라고 손짓으로 가리켰다. 바울이 동정의 눈빛을 보내도 아랑곳하지 않고 발로 걷어차려는 시늉을 했다. 처음 교주가 고아원에서 넷 아이를 처음 입양해 왔을 때 애처롭게 여기던 그 동정심을 갖기도 했다. 교주는 돈 벌이를 고안해 생각해 낸 것이 입양이었다. 입양을 하면 한 아이 양육수당이 월 오육십 만 원 정도 정부에서 지원 받을 수 있다는 것을 알았다. 십 팔세가 될 때까지 정부에서 양육 수당을 받을 수 있으며 교회의 목사가 입양을 하면 최대 네 명을 입양 할 수 있다. 입양수수료 또한 정부가 전액 지원을 하고 있기 때문에 교주의 입장으로서는 꿩 먹고 알 먹는 셈이었다. 그런 교주의 속셈을 꿰뚫고 있는 임씨였지만 임씨 또한 교주의 손아귀에서 벗어 날 수 없었으며, 시간이 흐를수록 아이들에 대한 죄책감은 무감각해지고 동정심은 증발해버려 냉담해졌다.

 임씨는 바울이 쌀 포대를 걸치자마자 강아지 부르듯 부리며 장방형의 건물 밖으로 데리고 나갔다. 겁을 먹은 글라우디아와 디베르티멘토는 조심스럽게 문 쪽으로 손을 짚어가며 향했다. 서로의 눈빛을 교환하며 문쪽으로 다가가 슬며시 뒤로 물러서는 디베르티멘토였다. 그러더니 '글라우디아,' 바울 '하고 발성을 하였다. 글라우디아는 임씨나 교주에게 듣던 자신의 호칭을 디베르티멘토에게 들으니 놀랍고 의아하게 느껴졌다. 그 둘은 서로의 호칭을 발성하며 시시닥거리며 괴성을 지르고 으르대고 있었다.

 양육비를 횡령하는 교주는 입양 대상자를 고르려고 고심하고 있다. 검은 말의 죽음을 관과 고아원에 통보하지 않고 살아있는 사람으로 만들어 놓았다. 매년 일 년에 한 번씩 사회복지사가 조사를 나오기는 하지만 뇌물과 선물을 쥐어주면 대충 서류만 작성하고 갈 뿐이다.

 "임씨 뭐엇. 잔디 깎는 것이 집 한 채 짓는 것보다 더 뎌."

 서류를 검토하고 있던 교주는 거실 소파에서 허리를 돌려 마당 쪽으로 호령했다. 바울은 알몸에 쌀 포대만 걸치고 쇠스랑으로 잔디를 긁어모으고 있다.

 "거의 됐슈. 교주님."

 그는 이기죽거리며 거실 쪽으로 대꾸했다. 그리고 바울을 재단하는 날카로운 눈빛으로 내려 보더니,

 "짐승만도 못한늠아, 요로콤 잡고 쓱싹쓱싹 긁어야지."

 바울은 쇠스랑을 처음 손에 잡아 봤고 임씨가 쇠스랑을 잡고 땅바닥을 긁을수록 잔디 깎기에 잘린 쪼가리들이 모아졌다. 그걸 보고 바울은 흉내를 낼 뿐이었다. 굼벵이처럼 더디며 쇠스랑을 갖고 장난을 치는 것 같아 임씨는 바울에게 성큼 다가서 발길질을 하였다. 엉덩이를 발길질 당한 바울은 엄살부리며 괴성을 지르고 잔디 바

닥으로 나뒹굴었다. 임씨는 고개를 뒤로 젖히고 푸념을 내쉬며,

"요것 봐라, 곰도 구르는 재주가 있다더니 엄살을 부릴 줄 다 아네."

엄씨는 쇠스랑으로 바울의 엉덩일 툭툭 쳤다. 일어나라는 무언의 신호였다. 바울은 힐끗 엄씨의 눈치를 살피더니 자리에서 오뚜기처럼 벌떡 일어섰다. 버틸수록 발에 채일 것 같은 두려움이 엄습해왔다. 임씨는 바울이 우스꽝스럽기도 하고 어눌하고 바보스러운 행동이재롱부리는 애완견 같아 보였다. 자신도 모르게 뻐드렁니 입가에 미소가 얄브스름하게 번졌다. 교주의 독촉과 무더운 더위 때문에 짜증이 났었지만 바울의 엉뚱하고 생뚱맞은 행동 때문에 짜증이 조금 풀렸고 그는 화풀이를 바울에게 하려하였지만 스스로 그 마음을 접었다. 임씨는 쇠스랑에 잔디 쪼가리를 주어 담는 방법을 알려주었다. 지켜보고 있던 바울은 곧 임씨의 행동을 따라했다. 헛기침을 하면 바울도 헛기침을 하였고 방귀를 끼면 방귀를 끼는 시늉을 하였다. 바울에게 임씨는 모방에 대상, 혹은 모든 언어와 행동을 습득할 수 있게 만드는 제공자나 조력자인 셈이었다. 잔디 쪼가리를 정원 한 쪽에 있는 백일홍 나무 아래에 쌓아두었다. 임씨는 쇠스랑을 부여잡고 있는 바울을 한동안 바라보다가 창고 쪽으로 향했다. 그의 손에는 썩은 감자 두 개가 들려 있었다. 쌀 포대를 뒤

집어쓰고 있는 바울의 모습이 안쓰러웠는지 간식으로 썩은 감자를 두 개 쥐어줬다. 감자를 건네받자마자 허겁지겁 썩은 부분까지 먹어치우는 바울이었다. 두 개를 먹고 나서도 배가 고팠는지 쇠스랑을 들고 잔디밭을 파제키며 긁어내었다. 어느 정도 잔디 쪼가리와 잎사귀들이 모이자 두 손으로 담아 백일홍 나무 아래로 쌓았다. 그리고 임씨 앞에 서서 초롱초롱한 동정을 갈구하는 고양이 눈망울로 올려다보았다. 그는 잔꾀로 감자 두 서너 개를 더 얻어 볼 요량이었다. 임씨는 바울의 행동이 누구보다도 영악스럽고 우스꽝스럽고 바보스럽게 여겨졌다. 감자를 더 챙겨 주고 싶은 마음은 추후도 없었다. 우선 임씨는 바울을 수돗가로 데려갔다. 땀 냄새 뿐만 아니라 바울의 몸에서는 오래 묵은 악취가 풍기었기 때문에 그의 몸에 세제를 뿌리고 물을 뿌려 줄 생각이었다.

바울이 어두컴컴하고 매캐한 냄새로 찌든 장방형의 건물로 들어서자 글라우디아와 디베르티멘토는 그의 주변으로 모여들었다. 바울은 자신이 감자 두어 개를 먹은 것이 탈로가 날까 본능적으로 그들과 거리를 두려고 했다. 글라우디아와 디베르티멘토는 '바울'의 호칭을 반복적으로 발성하며 그의 몸에서 한 번도 맡아 보지 못한 향긋한 냄새를 맡을 수 있었다. 그 향긋한 향수 같은 냄새에 글라우디아는 바울의 몸 구석구석을 킁킁거리며 코로 훑었다. 찌릿한 전율이 그녀의 몸을 감더니 그 향기에 취에 얼음처럼 자신의 몸이 사르르 녹아 버릴 것만 같았다. 디베르티멘토는 별 관심이 없었는지 냄새를 몇 번 맡아 보고는 뒤돌아 뙤창문에 얼굴을 내밀었다. 그리고 반복적으로 호칭을 발성하며 히죽거렸다. 그에 반해 글라우디아는 하루살이처럼 성가실 정도로 바울에 달라붙어 그의 매끄러운 몸을 더듬으며 향기를 맡았다. 그녀는 향기에 이끌려 본능적이고 자극적인 쾌락을 바울의 몸에서 풍기는 향기로부터 느꼈다. 자신도 모르게 하늘을 나는 꿈을 꾸는 것 같았다. 마치 철조망과 장미 가시를 상처없이 미끄러지며 빠져나가는 기분이다. 전에 임씨가 자신들을 씻기기 위해 몸에 뿌린 세제 가루향보다 이번 향은 진하고 달콤하면서 물에 씻긴 살결이 두부처럼 부드럽게 물컹거렸다. 바울은 자신에게 하루살이처럼 달라붙어 냄새를 맡는 글라우디아가 자신의 주변을 맴도는 것이 귀찮게 여겨졌다. 바울은 글라우디아를 밀쳐내며 구석에 앉아 히죽거렸다. 감자 두어 개를 먹고 나니 배가 아프지 않아 만족스러운 미소였다. 디베르티멘토는 뙤창문에 머리를 내밀고 주변을 두 눈으로 빨아들일 것처럼 달빛에 비친 풀의 검은 형체 하나하나를 눈에 담고 있다. 그는 어둡고 습하며 공간의 한계가 있는 장방형에서 벗어나고 싶은 욕망이 셈 솟았다. 감자와 배춧잎, 당근 같은 것을 먹는 것이 지긋지긋해졌다. 글라우디아와 바울도 같은 생각이었으리라.

어느 날부터 글라우디아가 교주의 부름에 움막을 벗어나는 일이 잦아졌다. 디베르티멘토와 바울은 영문을 알수 없었고 어느 정도의 시간이 흘러야 그녀가 되돌아 올지 몰랐다. 어느 때부터 퇴창문을 통해 숲과 녹초지 위로 해가 뜨는 것을 보았다. 퇴창문으로 머리를 내밀어 하늘을 올려다보았을 때 해가 중천에 떠 있는 것을 알았다. 그는 시간의 흐름을 액자의 풍광속에 담겨 있는 해의 위치변화를 통해 느낄 수 있었고 급기야는 그 변화를 습득할 수 있었다. 해가 장방형 건물 위로 떠 있을 무렵 글라우디아는 방긋이 웃음을 지으며 장방형 건물 움막 안으로 임씨의 손에 이끌려 들어왔다. 디베르티멘토와 바울은 궁금했다. 반나절 동안 글라우디아는 교주와 그 시간까지 무얼 했고 무슨 일을 당했는지. 글라우디아가 활기찬 모습으로 들어오는 모습을 보면 그들은 서로 으르대지 않으며 안정을 찾기도 한다. 몇 주가 흘러 글라우디아의 급진적으로 변화된 모습을 알 수 있었다. 몸에서는 야릇한 베갯잇 냄새와 유두는 바울과 자신의 가슴을 비교해 봐도 컸다. 그리고 자신의 성과 다르다는 것도 알게 되었다. 자신의 돌출한 물건과 다르다는 것을, 그녀에게는 돌출된 그 무엇을 의식할 수 없다는 것을 분명히 느낄 수 있었다. 어느 날, 정오가 조금지나 되돌아 온 글라우디아가 두 손에 한 가득 무엇인가 들고 왔다. 디베르티멘토와 바울은 난생 처음 보는 것이었다. 먹는 것인지 장난감인지 분간 할 수가 없다. 그러나 글라우디아는 그 둘 앞에서 비닐봉지를 뜯어 그 내용물을 꺼내 한입 베어 먹는 시범적인 모습을 보여주었다. 그리고 그 맛을 음미하며 두 눈을 지긋이 감고 행복한 미소를 지었다. 디베르티멘토와 바울도 하나씩 건네받아 글라우디아가 그랬던 것처럼 비닐봉지를 물어뜯어 그 속의 내용물을 꺼내 한입 베어 물었다. 처음 먹어보는 환상적인 느낌과 맛이었다. 바울은 제대로 그 맛을 느껴 볼 겨를 없이 한 입 베어 물더니 허겁지겁 입속에 우겨넣기에 바빴다. 그 빵은 단팥빵이었다. 감자와 배춧잎, 당근에 익숙한 그들이었기에 가공식품의 맛은 새로운 세계처럼 색다른 느낌의 형용할 수 없는 환상적인 맛이었다. 글라우디아는 우유팩을 하나씩 그들에게 건네주었다. 바울은 모양을 특이하게 여겼는지 돌려가며 우유팩을 살피었다. 돌발적으로 바울은 우유팩을 입으로 가져가 깨물었다. 우유팩을 물어뜯자 우유가 사방으로 튀었다. 글라우디아는 바울의 행동이 못마땅한지 오른쪽 손바닥으로 머리를 내리쳤다. 어리둥절해하는 바울은 얼굴에 묻은 우유를 손으로 훑어 혀끝을 적셨다. 글라우디아는 우유팩의 밀봉된 부분을 자연스럽게 열더니 입을 대고 꿀꺽꿀꺽 마셨다. 그녀를 지켜보던 디베르티멘토도 그녀의 행동을 따라했다. 멈칫거리는 것 없이 우유를 들이키는 순간 밋밋하면서 고소함이 전해졌다. 빵과 우유도 맛있었다. 처음으로 느껴보는 맛이었다. 형용할 수 없는 독특한 맛을 어떻게 표현할지 모르는 디베르티멘토였다. 멍청하게 지켜보고 서 있던 바울은 바닥에 고인 우유를 핥아먹기 위해 바닥에 엎드렸다. 혀로 바닥에 고인 우유를 혼비백산 한 채 핥으며 그는 즐거워했다. 그 맛이라는 것은 디베르티멘토와 바울도 마찬가지로 새로운 경험과 느낌이었다. 놀랍고 형용할 수 없는 경험이었다. 디베르티멘토는 자신도 모르게 본능적으로 머리의 두피를 긁적였다. 일주에 서너 번 교주에게 불려 갔다 온 글라우디아의 변화된 모습이 놀라웠다. 글라우디아의 단팥빵 먹는 모습과 우유팩을 자연스럽게 밀봉을 열어 능수능란하게 우유를 들이키는 모습, 디베르티멘토에게는 변화된 글라우디아의 모습에 당혹스럽고 해석되지 않는 상황에 머리가 복잡해졌다.

 사실 글라우디아는 교주에게 불려 간 뒤로 자신도 모르게 많이 변화되었다. 교주는 서류를 뒤적거리다가 검은 말의 죽음을 어떤 방식으로 처리 할까 고민하였다. 또한 입양한 글라우디아와 디베르티멘토, 바울의 나이가 어느덧 십팔 세에 가까워지고 있었기 때문이다. 몇 년 되지 않아 정부에서 받는 양육비를 지원받지 못할 것이기 때문이다. 아이들 문제에 봉착하고 나서부터 교주는 골칫거리를 떠안은 기분이었다. 그 골칫거리를 처리할 묘한 방안을 떠올리려 머리를 쥐어짜며 노력하였다. 교주는 골칫거리를 어떠한 방식으로든 처리하고 또 다른 입양 대상자를 물색 할 것이다. 소도시로부터 외진 곳에 있는 작은 교회를 운영하고 있지만 목회자들의 수가 적어 십일조를 걷는다고 하여도 전기료나 생활비 정도에 그쳤다. 고아원에서 장애 아이를 입양하면 정부에서 입양수수료와 양육비 지원을 해 준다는 것을 알고 장애아를 입양하고 있는 것이다. 교주는 신학대학 출신도 아니며 한때 임씨처럼 대도시의 교회에 문지기로 일했었기 때문에 귀동냥과 깜냥으로 교회의 전반적인 운영을 어느 정도 간파하고 있었다. 그가 교회의 문지기로 일하던 곳에서 교회운영자금과 목사의 패물을 훔쳐 도망쳐 온 곳이 광음과 소도시의 행정구역 경계에 서 있는 인적이 드문 한적한 시골이었다. 훔친 돈으로 땅을 사고 교회를 짓고 정원을 가꾼 것이다.

교주는 글라우디아를 섬으로 팔아넘길 계획이다. 교육을 시키지 않고 오랫동안 창고에 가둬 정신연령은 한두 살 정도 밖에 되지 않지만 그녀의 몸은 여자로서 갖춰가고 있었다. 빵을 먹는 방법과 우유와 숟가락과 젓가락질 등을 가리켰다. 또한 속옷과 겉옷을 갈아입는 방법도 가리켰다. 글라우디아는 영악하고 똑똑해서 그런지 한번 알려주면 곧잘 잘 따라했다. 물론 글라우디아의 첫 순결은 교주였다.

교주는 검은 말의 죽음을 숨기고 가출처리로 정리하였다. 그는 가출 처리하기 위해 조심스럽게 서류를 꾸미고 가출 신고는 골칫거리 세 명을 처리하고 난 이후에 처리하기로 계획을 세웠다. 글라우디아는 중개인을 통해 이백 만원을 받기로 구두 계약을 성사시켰다. 교주는 디베르티멘토와 바울도 섬에 팔아넘기기로 작정하여 중개인에게 부탁을 하였다. 노역을 부려먹기에는 최고의 물건이라고 설명하였다. 교주는 관에 서류를 제출하기 위해 중개인과 말을 맞춰 골칫거리 셋의 입양 서류를 꾸미고 있었다.

디베르티멘토는 머리가 복잡한지 뙤창문으로 고개를 내밀었다. 어스름한 저녁, 풀벌레 소리가 요란하게 들렸다. 그는 말뚝처럼 뙤창문에서 머리를 뺄 줄 몰랐다. 마음이 심란하고 두려움, 그리고 갈피를 못 찾은 혼란이 그를 촛불처럼 뒤흔들고 있다. 그 자신도 모르게 내면의 혼란스러움은 자기 자신의 기분을 미묘하게 만들었다. 갑작스런 글라우디아의 변화와 새롭고 환상적인 맛이 그를 자극하였던 것이다. 자신의 감정을 읽을 수 없는 혼란스러움을 어떠한 방식으로 대처해야 할지 몰랐다. 불현 듯 화가 송곳처럼 정수리까지 치솟아 오르는 분노를 느낀다. 글라우디아의 얼굴과 달라지는 몸을 보면서도 자신에게 찌릿한 감정과 느낌을 전달 받는 기분은 헤아릴 수 없이 묘했다. 그러한 것들이 디베르티멘토의 머리를 복잡하게 만들고 혼란스럽게 만들었다. 뙤창문에 머리를 내밀고 있던 디베르티멘토는 밤하늘에 별들이 소금가루처럼 뿌려 놓은 듯 하얗게 빛이 날 무렵 고개를 돌려 어둡고 습한 장방형의 실루엣 두 형체를 물끄러미 보다가 으르대며 괴성을 질렀다. 자신도 모르게 분노를 억누르지 못해 벽을 주먹으로 내리쳤다. 낡고 습하기만 했던 창고의 벽면에서 덩어리 하나가 떨어졌다. 디베르티멘토가 주워 들은 것은 뾰족한 시멘트 돌덩어리였다. 그는 날카롭고 뾰족한 시멘트 돌덩어리를 손아귀에 힘껏 쥐며 으르대며 미간을 구겼다.

제4장
그림자의 섬

제4장 그림자의 섬

 머리가 아팠다. 맞출수 없는 퍼즐조각, 수수께끼로 가득한 그 머릿속은 볼펜 망치로 꼭꼭 찍히는 것 같다. 이어 중추신경계가 종잇장처럼 찢겨지거나 구겨지는 통증이 몰려왔다. 압박해 오는 통증을 견디며 눈을 지그시 뜬다. 안개속의 흐릿한 형체들 손에는 컵 같은 것이 있었다. 그들은 컵에 든 용액을 마시며 대화를 나누고 있었지만 도통 어떤 언어를 사용하는지 알아들을 수 없었다. 고개를 돌려보려고 애써보았지만 모든 신경계의 정확한 전달에도 불구하고도 움직일 수 없었다. 팔과 다리도 움직이지 않았다. 눈까풀만 어떤 압박의 족쇄에서 풀려 깜박

일 뿐이다. 통증은 주변의 소리와 사물을 여러 조각으로 찢어발기고 있었다. 한 사내가 그의 머리카락을 움켜쥐더니 마구 흔들었다. 목이 꺾인 목각인형의 머리처럼 그가 원하는 대로 몸에 달랑붙어 좌우와 위아래로 흔들렸다. 얼굴의 윤곽이 뚜렷하지 않았지만 그의 입가에는 조소가 섞여 있었고 검정색 슈트를 입고 있다.
 "어, 이 녀석 깨어났네. 아까 그 손수건 좀 줘봐."
 그 이후 코끝을 찌르는 알코올 냄새가 물씬한 흰 손수건이 낯선 강압적인 손길에 의해 그의 입이 틀어막였다.
 얼마동안 기절하고 있었던 것인가. 어느 정도 현기증을 동반한 의식이 되돌아 올쯤 몸이 느꼈던 속도감은 아니었다. 작은 장방형의 공간이 팔랑개비처럼 나부끼고 있다. 검정색 슈트를 입은 사내는 주변에 보이지 않았다. 마취제의 기운이 남아있어 몸을 자유롭게 움직이지 못했다. 어지럼증은 자신의 몸을 솜으로 가득채운 곰 인형의 느낌을 받았다. 신경계가 조금씩 회복 되었는지 액세서리 같았던 손가락을 조금씩 움직였고 고개를 비스듬히 돌릴 수 있다. 작은 장방형의 공간이다. 허리를 구부릴 만큼 작은 공간에 황갈색의 이불과 선반에 놓인 식기류들이 눈에 띠었다. 식기류는 선반 좌우로 미끄러지며 딸그락 소리를 내었다. 손에 닿을 듯 말 듯 낮은 천장 위에 소불알처럼 흔들거리는 전구빛에 눈을 제대로 뜨지 못했다. 최면술가가 전구를 흔들며 최면을 거는 것처럼 눈앞에 좌우로 흔들거렸다. 강렬한 빛과 흔들거림에 눈동자의 초점을 맞추려고 노력하였지만 어지러웠다. 거친 바람소리가 푀창을 두드리며, 사내의 굵직한 목소리는 그 바람을 따라 푀창문으로 빨려들어 왔다. 두려웠다. 거친 바람소리와 낯선 사내의 굵직한 목소리, 자기 자신이 왜 낯선 곳에 누워 있고 전신은 자신의 의지대로 따라주지 않아 옴짝달싹 꿈적도 하지 못하는, 가 몸이 의지대로 따라주지 못하는, 마치 가위에 눌린 듯 공포를 느끼고 있었다. 푀창을 통해 들려오는 거친 물소리와 굵직한 함성의 소리는 도대체 무엇 때문이란 말인가.

두려움이 불빛 하나 없는 암흑으로 정신세계를 뒤덮었지만 저항이나 도움을 요청 할 수 없다. 몸은 자신의 의지를 벗어난 타자의 몸으로 느껴질 만큼 쇳덩어리처럼 무거워졌으며 움직일 수조차 없다. 간신히 입은 떼었지만 달팽이관으로 희미하게 들려오는 신음소리 그 뿐이다.

작은 장방형의 굳게 닫힌 문이 열렸다. 푀창에 제비머리로 부딪치는 소리와는 다르게 매서운 짐승의 으르대는 소리가 한 사내의 등 뒤를 그림자처럼 뒤따랐다. 파도는 날카로운 발톱을 들어내며 검정색 우의를 입은 사내의 등 뒤를 덮칠 기세였으나 문이 닫히자마자 날카로운 발톱을 숨기며 잠잠해졌다. 우의의 모자를 벗자 늙수그레한 노인의 차가운 얼굴이 전구 불빛에 면면이 드러났다. 눈두덩은 막삽의 삽날같은 살집이 두둑했다. 날카로운 눈매에 생기가 없고 턱 밑으로 잡힌 주름은 마른 헝겊처럼 윤기가 없이 쭈글쭈글하다. 아무 말 없이 노인은 벽에 걸린 수건으로 얼굴을 문대며 땀과 물기를 닦아내더니 누워 있는 그를 매섭게 내려다보았다. 그리고 아무 일 없는 것처럼 선반에 놓아 둔 담배 갑을 찾아 손을 더듬거렸다. 그 늙수그레한 노인이 무엇을 준비하려고 하는지 다음 동작은 짐작은 갔지만, 묵묵히 침묵으로 일관하며, 날카로운 눈매의 그가 또 다른 조련사라는 사실에 두려움의 전율이 전신에 가시를 돋았다. 그가 무서웠다. 노인은 우의를 벗지 않은 채로 입술에 문 담배에 불을 붙이었다. 안도의 한 숨과 함께 담배 연기는 콧구멍에서 뿜어져 나와 작은 장방형의 공간을 매캐한 연기로 채웠다. 코가 갈고리에 걸린 것처럼 아리고 쓰라렸다.

 호랑이가 승냥이를 매섭게 덮치는 것처럼 문이 열리자마자 회오리와 폭우소리가 뭉글뭉글한 담배 연기를 분쇄하며 장방형으로 뛰어 들어왔다. 그도 검은 우의를 걸치고 있었다. 늙수그레한 노인과 다르게 그는 뾰족한 얼굴형에 가칠한 피부의 사내로, 꼽추 춤을 추듯 덩실덩실 어깨를 흔들며 노인 옆에 쪼그리고 앉아 나무 벽에 등을 기대었다. 노인이 담배 한 개비를 건네자 입가에는 생기 있는 미소가 흐른다.

 그 둘의 담배피우는 모습은 그가 떠올릴 수 있는 마지

막 기억이다. 두 눈을 뜨고 몸이 옴짝달싹하지 못한 마비된 상황을 벗어나 자유로움을 되찾게 되었을 때, 그는 먼저 주변을 살폈다. 그는 한 참 동안 쥐포처럼 누워있다. 두려움 때문인지, 혹은 이 상황이 사실이 아닌 꿈이길 바랐는지 그는 조심스럽게 눈까풀을 깜박거렸다. 그는 손으로 낯선 환경과 바닥을 더듬었다. 나무의 질감이 느껴진다. 그리고 두 명의 남자가 바닥에 누워 있고 코를 고는 소리도 들린다. 그는 고개를 약간 들어 좌우의 상황을 파악하려 했다. 갯냄새가 물씬 풍겼다. 지난 밤 현기증을 동반한 모든 상황이 악몽처럼 뇌리에 슬라이드처럼 넘겨진다. 그러나 악몽으로 생각하기에는 자신이 누워 있는 이곳, 갑작스럽게 변화된 환경에 어리둥절하였고 그는 예민하게 발달된 후각으로 냄새를 맡았다. 어찌된 영문인지 다른 경로를 통해 도통 알 수 없었다. 알 수 있는 뾰족한 방법도 모르고 있다. 단지 낯선 두 사람과 헐겁게 나무로 지어진 움막에 쥐포처럼 누워있고 예전에 맡았던 그 냄새와는 사뭇 다르다는 것뿐, 영문도 모른 채 무릉도원 같은 곳에 누워있을 뿐이다. 그는 본능적인 경계심으로 누워있던 자리를 박차고 일어나 문 쪽으로 달아나야 하는가, 를 망설이고 고민하지 않을 수 없었다. 누더기 옷을 입고 있는 두 사람은 깊은 잠에 빠져있었기 때문에 달아나도 자신을 애써 잡기 위해 쫓아오지 못할 것이다. 그는 숨죽이며 손목과 발목을 돌려보았다. 두 사람을 주시하며 그는 몸을 약간 비스듬히 조심스럽게 움직여 옆으로 누웠다. 그의 등 뒤로 코고는 소리가 귀 볼을 잡아 비튼다. 두려움에 개미처럼 짓눌려 있어 그런지 그는 나무늘보처럼 느릿느릿 움직였다. 나무판자를 겹겹이 댄 벽면의 틈새, 국수기계로 가락을 길게 뽑듯이 빚은 움막 안의 틈바구니로 여러 가닥의 국수처럼 뽑아지고 있었다.

고양이가 두려운 대상을 경계하며 조심스럽게 앞발을 들어 내딛는 것처럼 그는 깨금발을 하고 문 쪽으로 향한다. 한 사내의 잠꼬대 소리가 잠시 그의 몸을 석고처럼 굳게 만들었지만 그는 멈추지 않고 깨금발로 문 쪽으로 향했다.

호루라기 구슬이 침묵을 사방으로 흐트리며 문 앞에서 움막 안으로 활처럼 난장으로 쏘아대는 소리가 울렸다. 화들짝 놀란 그는 자신이 누워 있던 자리로 후다닥 뛰어 자리에 누웠다. 나무문이 열리더니 농립을 이마 위로 치켜 올려 쓴 한 사내가 움막 안으로 성큼성큼 들어섰다. 그때서야 늙수그레한 노인은 눈두덩에 진드기처럼 달라붙은 졸음을 비벼 떼며 앉음반 자세를 하였다. 코를 골던 다른 한 사내도 호루라기 소리에 놀라 버뜩 자리에 앉음반 자세를 하였다. 그 옆에 누워 있는 빼빼마른 청년은 호루라기 소리에 아랑곳 하지 않고 누워 있다. 호루라기를 입에서 빼더니 침상마루에 큰 대자로 벌러덩 누워 있는 사내 앞으로 재빠르게 바툼 섰다. 화가 몹시 났는지 주변을 바장거리며 두리번거리다가 침상마루 위로 펄쩍 뛰어 올라섰다. 움막 안에는 흉기가 될 만한 삽자루나 막대기가 애초부터 없다는 것을 그 사내도 진작 알고 있다. 그러나 화가 머리꼭지를 비틀면 분을 억누르지 못해 삽자루라도 들어야 직성이 풀릴 정도의 괴팍한 성격의 소유자로 보였다. 조금의 망설임도 없이 발로 청년의 복부를 걷어차고 짓밟았다. 동물원의 곰 마냥 침상마루 위에서 재주 부리 듯 데굴데굴 굴렀다. 악보없는 음악처럼 고통의 비명이 들려왔다. 배를 움켜쥐고 팽이 같은 얼굴은 퍼슬퍼슬한 헝겊 쪼가리처럼 일그러졌다. 마구잡이 발길질은 계속되었다.

"호루라기 소리 못 들었어, 젠장."

그는 겁을 먹은 채 진득하게 침상마루에 석고처럼 앉아 있다. 상황을 전혀 이해 할 수 없는 처지에서도 그는 발길질 당하는 청년을 힐끗 훔쳐 볼 뿐이다. 그 화가 자신에게 옮겨질까 지레 겁을먹은 두려운 생각이 그의 몸과 생각을 경직되게 만들었다.

복부를 집중적으로 발길질 하는 사내였다. 마구잡이 발길질에 청년은 기절을 하였는지 옴짝달싹하지 않았다. 그때서야 발길질을 멈추는 사내이다.

뒤늦게 움막으로 들어 온 사내의 아내가 그의 눈에 들어왔다. 수건을 머리에 감고 있어 마치 터번을 하고 있는 배불뚝이 터키인 같았다.

"그만 허슈, 그러다 죽겄네."

사내의 아내는 기절한 청년의 볼 따귀를 툭툭 쳤다. 아무 반응이 없자 혀를 차며 고개를 좌우로 흔들었다. 그러더니 미소년 그에게 화염에 휩쌓인 매서운 흘게눈을 하였다. 휘둥그레진 눈으로 두툼한 입술에 야만이 뒤섞인 미소를 흘렸다. 미소년의 볼을 쓰다듬고 가슴을 오믈딱 조믈딱 주물럭거리더니 사타구니 성기를 꽉 쥐었다.

"고것참, 별것 다 만지네 잉, 그만 허구 아- 준비혀 얼릉."

우두커니 지켜보고 서 있던 사내가 널빤지처럼 넓은 아내의 등을 두들기며 위협을 가하는 행동을 제지했다. 그러나 석고처럼 굳어 있는 미소년은 무반응이다. 성기가 발기 할 것만 같이 아랫도리가 뻐근해졌다.

"요것 봐라, 지두 사내라구. 호호호호."

미소년은 그들의 말을 알아듣지 못했다. 자신의 말이 그들에게 통하지 않는 것처럼 그들의 말이 무슨 의미와 뜻을 지녔는지 해석이 되지 않았다.

"어이-김노인, 뭣혀. 바가지에 물 한 바가지 퍼뜩 퍼오지 않구."

김노인은 오른쪽 다리를 절며 빨강 바가지에 물을 퍼왔다. 사내가 턱으로 기절한 사내를 가리키자 김노인은 한두 번 해본 솜씨가 아니라는 듯 기절한 사내의 얼굴에 물을 부었다.

　미소년은 아침의 폭력적인 상황을 목격하고 온 몸이 나무토막처럼 경직되었다. 움막을 벗어나려고 했던 생각은 깡그리 잊어버렸고 눈곱만치도 기회를 엿보거나 엄두를 내지 못한 채 김노인과 청년의 그림자를 밟으며 뒤를 따른다. 움막을 나오자 소금 빛이 가득한 염전이 흰 빛이 책장을 펼쳐 놓은 듯 드넓었다. 멀찌감치 뾰족한 산과 가옥이 띄엄띄엄 눈에 띠었다.

　염전 주위로 낡은 슬레이트 지붕의 건물이 여러 채 있다. 어리둥절한 미소년의 눈가에는 눈시울로 촉촉이 젖어 있다. 촛농처럼 눈물방울이 볼을 타고, 아니 봇물처럼 흘러내릴 것 같았다. 그날따라 태양은 살갗을 바늘처럼 꾹꾹 찌르며 따가웠다. 바위에 수십 번 내동댕이쳐진 듯 곳곳이 찌그러지고 휘어진 양푼이를 건네주는 김노인이다. 멀건 죽을 국자로 퍼 올리며 양푼이에 담아주는 그의 아내이다. 김노인은 양푼이를 가슴에 껴안고 둔덕에 쭈그리고 앉았다. 그 행동을 지켜본 미소년은 김노인의 행동 그대로 멀건 죽을 담은 양푼이를 들고 그의 옆에 앉았다. 청년은 배를 움켜쥐고 멀찌감치 멀건 죽을 먹는 그들을 부러운 눈빛으로 바라보고 있다.

　"김노인은 게걸스럽게 죽을 먹다가 멀뚱 바라만 보고 있던 미소년을 곁눈질 한다. 먹어야 살 수 있어, 말하며 자신의 숟가락으로 양푼이를 툭툭 쳤다. 그때서야 미소년은 멀건 죽을 한 숟가락 뜨며 먹기 시작했다. 처음 먹어보는 환상적인 맛이다. 쓴맛과 매운맛이 혀 안에서 교차하며 감돌았다. 마치 별천지를 입안에서 씹고 있는 경이로운 맛이었다. 죽에 섞여 있는 건더기의 정체를 알 수 없다. 미간이 화살촉 모양으로 새겨졌다. 그 순간 사내와 그의 아내의 시선이 낚시바늘처럼 걸려 있음을 알았다. 억지웃음을 짓고 그는 양푼이 바닥이 드러날 정도로 고개를 들지 않고 죽을 꾸역꾸역 입속에 넣었다.

달포 동안 염전으로 불려다니며 염부 일을 도맡았다. 소금을 가득 실은 수레를 끌고 가다 넘어지면 대뜸 고용주가 달려와 발길질을 하거나 강목, 삽자루를 마구잡이로 휘둘러 정신을 잃거나 피를 토할 정도로 맞았다. 미소년뿐만 아니라 지레 겁먹은 김노인과 청년도 고용주 앞에서는 길들여진 고양이처럼 온순한 태도로 몸을 움츠렸다. 달포가 넘어도 고용주는 봉급을 주지 않았다. 그 누구도 조련사에게 따지거나 항의하는 사람은 없다. 세끼 밥을 먹여 주는 것만으로도 다행인 것처럼 그들은 고용주를 무서워했고 두려워했다. 미소년도 또 다른 조련사의 폭력에 티끌만치 저항 한 번 해보지 못했다. 저항하거나 일언반구의 말대꾸를 하면 고용주는 가차 없이 폭력을 휘둘렀다.

물자세에 앉아 담배 한 개비를 피우는 것이 그들에게 유일한 낙이자 휴식이었다. 김노인은 오른쪽 다리를 절룩거리며 물자세 논둑에 철퍼덕 앉았다. 남루한 윗옷 호랑에서 짓눌린 담배 갑을 꺼내들어 담배 한 개비를 물어 피웠다. 삽질을 하던 청년도 쌓인 소금에 삽을 꽂아두고 물자세 쪽으로 듬성듬성 걸어갔다.

  달포동안 미성년은 공포와 겁에 질려 움막에서 한 마디의 말도 꺼내지 못했다. 낯선 환경, 낯선 조련사와 음식, 낯선 사람들을 받아들이기가 어려웠다. 끝이 없어 보이는 수평선의 논바닥에서 온종일 대파를 밀거나 수레에 담은 소금을 소금창고로 옮기는 혹독한 일이 매일 반복적이었다. 밤이 되면 연체동물처럼 흐느적거리며 녹초가 된 몸을 이끌고 잠에 곯아 떨어졌다. 또한 조련사는 말 보다는 폭력이 앞서 꾀를 부리거나 동작이 굼벵이처럼 굼뜨면 미성년에게 발길질과 몽둥이를 휘둘렀다. 휘루든 삽자루에 허리는 지네같은 긴 상처가 났고 열흘째 통증에 시달리고 있다. 미성년뿐만 아니라 김노인의 절룩거리는 다리도 조련사의 폭력에 의해 뼈가 부러진 것이다. 육지에 있는 병원엘 가지 못하고 움막에 육 개월 동안 방치한 채 병상으로 누워있었을 뿐이었다. 부러진 뼈가 정상적으로 붙지 않고 휘어진 채로 붙었기 때문에 김노인은 걸을 때마다 가랑이에 우산 같은 삼각형의 공간이 만들어졌다. 휘어진 다리가 짧아서 그런 것인지 그의 두 다리는 서로 붙일 수 없고 항시 다리를 트라이앵글처럼 벌린 채 뒤뚱거리며 걸었다.

김노인은 알갱이의 소금을 집어 입속에 넣고는 물을 들이키며 삼켰다. 땀을 많이 흘려 수분을 채우기 위한 행동이었다. 청년도 김노인 옆에 쭈그리고 앉아 굵은 소금 알갱이 몇 알을 입속에 툭 털어 넣더니 씹어 삼켰다.
　　"보아허니 아들뻘 같은듸, 워칙허다 섬의 노예로 끌려왔는감."
　　담배 한 모금을 깊게 빨더니 코털이 삐죽 삐져나온 콧구멍에서 연기가 뿜어져 나왔다. 대답 없는 미소년을 힐끔 훔치더니 말을 덧붙인다.
　　"그렁께 보자, 이 섬에 갇혀 산지두 십년이 흘렀능가볘."
　　김노인은 청년에게 고개를 돌리며 말했다. 청년은 김노인의 말에 고개를 시이소처럼 끄덕이며 한 쪽 손을 김노인에게 내밀며 손가락을 접었다 폈다를 반복하였다. 담배 한 개비를 달라는 뜻의 행동이었다. 청년은 빈정거리는 것처럼 기침을 토해내듯 피식 웃다가 혼잣말로 중얼거리며 다시 표정이 얼음장처럼 차가워지더니 피식 웃었다. 김노인이 담배 한 개비를 건네주었음에도 청년은 병리적으로 반복적인 표정을 지어 보였다.
　　"김할배, 여기가 도대체 어디야."
　　미소년은 할배가 건넨 담배 한 모금을 빨며 물었다. 이곳에서 몇 번 담배를 피워봤기 때문에 담배 맛을 느끼기 보다는 습관처럼 피워 물은 것이다.

주름이 목덜미까지 타고 내려가 덩어리 진 모양이 거북이의 퍼슬퍼슬한 등딱지 같아 보이기도 했다.

"이곳…글씨…아무리 생각해도 이곳이 어딘지 나도 몰러. 섬이라는 것 밖에."

그러더니 머리를 긁적이며 헛기침을 토해냈다.

"할배, 할배는 이곳에 오랫동안 있었잖우. 그런데도 이곳이 어딘지 몰라."

미소년은 김노인의 얼굴을 활처럼 뚫고 지나갈 매서운 눈빛으로 바라보았다. 그러자 청년이 미소년의 어깨를 잡아끌었다. 물이 차 있는 논배미로 미소년은 두 팔을 벌리며 큰대자로 패대기 당했다. 미소년의 눈은 휘둥그레졌다. 청년이 매섭게 자신을 내려다보고 있었고 갑작스럽고 돌발적인 그의 거친 행동에 놀랐기 때문이다.

"할배에게 독기 품은 눈으로 보지 마라. 네 놈이 뭔데……."

미소년은 한참 동안 소금물에 등이 잠겨 있었다. 몸에는 지렁이처럼 꿈틀거릴 힘조차 남아 있지 않아 보였다. 푸른 하늘과 양떼 같은 흰 구름을 보고 있는 것이 꿈만 같아 보였다. 자신이 이곳에 오기까지 뙤창문을 통해서 바라 볼 수 있었던 하늘이었기 때문이다. 주변은 칠흑같이 어두웠고 묘한 악취가 가득했기 때문이다. 드넓은 수평선과 초록의 풀과 바다를 보는 것만으로도 그에게는 새로웠다. 그러나 그 신선한 감정은 단 이틀 만에 접시처럼 깨어져 버렸다. 고용주의 잦은 구타와 욕설 때문이다. 미소년은 고용주의 언어를 알아듣지 못했다. 조련사의 험상궂은 표정으로 욕설을 거침없이 내뱉는 소리는 경운기의 기계음과 같은 소리로 들릴 뿐이다.

오토바이 소리가 수평선 끝에서 외줄을 타 듯 들려온다. 빨간 안전모를 쓴 사내의 손에는 상자와 봉투가 들려 있다. 가슴에는 새 모양의 그림이 그려져 있다.

미소년은 힘겹게 자리를 털고 일어나 물자세 쪽 논둑에 철퍼덕 앉았다. 청년은 김노인 옆에 쭈그린 채로 헤벌쭉 싯누런 이를 드러내고 있다. 마치 자신의 정당한 행동을 김노인에게 인정받으려는 것 같아 보였다.

"김사장 있소."

안전모를 쓴 사내가 김노인에게 물었다. 김노인은 고개를 끄덕이며 안전모를 쓴 사내가 건네준 물건을 받아들었다. 김노인은 사내에게 무슨 말인가 건넸다. 그러나 안전모를 쓴 사내는 그의 말을 무시하며 바지주머니에서 캐러멜을 꺼내 김노인에게 주었다. 안전모를 쓴 사내가 미소년에게 시선을 주었다. 못 보던 얼굴이라서 그런지 한 참 동안 미소년을 뚫어지게 바라보며 아래 위를 훑어보았다.

"오래 부려먹을 사람 구해 놓았구만."

그의 말에는 어림잡아 당연하다는 듯 대수롭지 않은 말투로 빈정거렸다. 바지주머니에서 캐러멜을 꺼내더니 미소년에게 손을 내밀었다. 청년이 낚아채려고 하자 재빠르게 손을 피해 주먹으로 청년의 정수리를 쥐어박았다. 청년의 돌발적인 행동을 오래전부터 알고 있는 것처럼 보였다.

"또 그런다, 다음부턴 너만 빼고 다른 사람만 줄 거야."

청년은 뒷걸음질을 치더니 받아든 캐러멜의 겉 비닐을 벗기지 않은 채로 입속에 넣고 씹었다. 청년과 안전모를 쓴 사내와의 나이는 엇비슷해 보였다. 그러나 청년은 안전모를 쓴 사내의 말에 어린 아이처럼 굴었다.

어느덧 해가 뉘엿뉘엿 수평선 끝으로 잠기고 있었다. 움막에 들어서자 쇳덩어리처럼 무거운 몸을 추스르며 침상마루에 누웠다. 조련사가 문고리를 잠그고 있다. 사슴 눈처럼 똘박한 미소년은 눈만 깜박거리며 천장을 응시하고 있다. 많은 생각들이 유령처럼 머릿속을 스쳐지나간다. 어느 때부터 그 자신도 모르게 많은 고민과 생각할 능력을 터득하게 되었다. 미소년은 몸을 들척였다. 혹독한 노동에 한군데도 성한 곳이 없는 몸은 옴짝달싹하지 못한다. 어깨와 팔이 자신의 몸에서 분리될 것처럼 통증이 심했다. 다리는 발가락만 빼고 남의 몸 같았다. 자신이 이곳에 오기 전까지의 일들을 떠올리려고 하였지만 아무것도 떠오르지 않는다. 교회 목사가 건네준 우유와 빵을 먹었을 뿐. 그리고 어둠 속에서 소란스러운 움직임과 함께 마비된 자신의 몸이 물건처럼 옮겨지고 있음을 알았다. 난생처음 태어나서 수평선을 바라보는 것이었다. 드넓어진 창을 통해 노을빛으로 물들어가는 하늘의 전경은 어떠한 말로도 헤아릴 수 없을 만큼 신비롭고 경이로웠다. 그 자신에게는 평범한 것들이라고는 하나도 없다. 모든 현상과 움직임들이 놀라웠고 경이로운 체험이었다. 그러나 달포가 지나는 동안 풍경과 에메랄드빛의 푸른 바다, 조련사의 험상궂은 얼굴과 김노인, 청년으로 익숙해졌기 때문에 시간이 흐를수록 더 이상 뜨거운 태양은 가슴에 남아 있지 않았다.

많은 생각과 현상들을 떠올리고 있는 순간 움막의 어둠 속에서 바스락거리는 소리가 미소년의 귀를 간지럼 피웠다. 실눈을 뜨고 훔쳐보려고 하였지만 두려움 때문인지 눈까풀도 무겁게 느껴졌다. 침상마루를 통해 전달되어지는 묵직한 무게감을 몸으로 고스란히 느끼고 있었다. 삐거덕거리며 무거운 체중이 어디론가 옮겨지고 있다. 미소년은 깊은 잠에 골아 떨어져 있는 것처럼 침상마루에 의식이 깨어 있는 채 움직이지 않았다. 부드럽게 내쉬던 들숨날숨도 가시가 돋은 양 거칠게 느껴진다. 가슴은 콩알 크기로 작아지며 숨고르기가 답답했다. 푸석한 소리가 들리고 새끼 고양이 울음소리가 들리는 것 같았다. 뒤척이는 소리가 먼지 흩날리는 것처럼 들리더니 이내 날이 선 침묵이 흘렀다. 미소년은 어두운 형체가 자신의 얼굴 가까이 총구같은 무엇인가를 겨누고 있음을 감지하고 있다. 자신의 얼굴로 겨냥하고 있는 것이 무엇인지 몰라도 검은 형체가 자신이 잠에 깨어있다는 사실을 알면 자신의 얼굴을 고무찰흙처럼 짓뭉갤 것이라는 두려움에 숨죽여 옴짝달싹하지 않았다. 따듯한 온기가 자신의 얼굴로부터 멀어지고 있음을 알았다. 바람에 의해 날아가는 깃털처럼 그 온기는 자기 자신으로 부터 멀어져 가고 있다. 그 뒤로 엄습해오는 찌릿한 소름.

그 다음날 아침, 미소년은 움막을 걸어 잠근 쇳소리에도 경기를 일으키며 자리에서 벌떡 일어섰다. 청년도 눈을 부스스 비비며 잠에서 깨었다. 김노인은 미라처럼 움직이지 않았다. 달콤한 사탕을 입에 문 사람처럼 입가에는 옅은 미소가 흘렀고 퍼슬퍼슬한 거북이 등딱지 같은 주름은 녹은 촛농처럼 단단히 굳어 있었다. 옴짝달싹하지 않는 김노인을 본 험상궂은 조련사의 얼굴은 고릴라처럼 변하더니 김노인에게 뛰어갔다. 침상마루에 오른 조련사는 장화 발로 김노인의 다리를 툭툭 쳤다. 아무반응이 없자 어깨가 낮춰지는 조련사이다. 멍하니 바라보던 청년이 김노인에게 달려들어 괴음 소리를 내질렀다. 뻣뻣해진 김노인의 몸은 나무토막처럼 굳어 있었다. 얼굴 빛깔은 시퍼렇고 입은 묵묵이 닫고 있었다. 움막의 문을 열고 조련사의 배불뚝이 아내가 뛰어들어 왔다. 코끝에 손을 한 참 동안 붙이고 있던 조련사가 상체를 일으켜 배불뚝이 아내와 의미심장한 눈빛을 교환하였다. 조련사의 아내가 움막 밖으로 뛰어 나가더니 얼마 지나지 않아 장정 두 명을 데리고 들어왔다. 조련사는 발등으로 김노인을 끌어안고 있는 청년의 허리를 툭툭 쳤다. 청년은 짐승 울음소리와 함께 눈가에 눈물이 그렁그렁 맺혀 있다. 조련사는 움막 바닥에 침을 퉤 뱉더니 질경이 씹은 얼굴로 청년의 볼에 따귀를 올렸다. 볼을 쥐고 침상마루 아래로 굴러 떨어진 청년의 짐승 울음소리는 거짓말처럼 멈췄다. 두 장정이 조련사의 지시대로 김노인을 흰 천에 돌돌 감아 통나무 들어 올리듯 어깨에 매고 밖으로 나갔다. 고용주는 청년의 목 뒷덜미를 잡아끌어 움막 밖으로 끌고나갔다. 미소년은 움막 구석에 몸을 똬리벌레처럼 몸을 말다시피 움츠리고 있다.

   조련사와 장정들은 트럭에 김노인의 사체를 옮겨 실고 선착장으로 향했다. 뱃머리를 돌려 바다로 향하는 조련사이다. 섬과 어느 정도 멀어지고 조류가 심한 위치에 도착하자 닻을 내리며 배 엔진을 껐다. 김노인의 사체에 쇳덩어리 추를 달았다.

   "달포면 손가락도 없을 것이고만."

   조련사가 청년의 턱을 잡아끌더니 매서운 눈빛으로 청년의 얼굴을 깍듯이 조각내며 바라보았다. 청년은 송충이처럼 바들바들 온 몸을 떨며 공포에 녹아내리고 있다.

"먹여주고 재워주고 봉급주고……지상낙원이 따로 는듸, 계속 사건 만들어 육지로 갈려고 꾀부리나, 이 늠의 자슥."

조련사의 발길질에 청년은 뱃머리로 나가 떨어졌다. 고통도 잠시 뿐 청년은 무릎을 꿇고 두 손을 합장하며 빛의 속도로 빌었다. 뱃머리의 크레인을 움직이는 장정들의 익숙한 손놀림이다. 손발이 척척 들어맞고 있다. 청년은 그들의 움직임이 자기 자신을 크레인에 거꾸로 매달고 몽둥이질을 할 것이라는 것을 알고 있다. 한두 번 거꾸로 매달려 본 것이 아니기 때문이다.

"이자슥, 아직두 정신 못차렸나, 존말루 혔을 때 말을 들어야지."

장정이 귀찮은 일을 도맡아 하고 있는 것에 불평을 하며 우악스럽게 바케스를 걷어찼다. 신경질적으로 불만을 내뱉었다. 허둥대던 청년은 짐승 울음소리를 내며 울고 있다.

"벙어리 빙신 같은 게, 뭐 잘했다고 짐승소리를 내냐."

또 다른 장정이 한 말이다.

"너 고기밥 되고 싶어 환장 혔구나. 내가 수천 번을 야그혀야 꼴통에 '복종의' 단어 하나라도 못처럼 박히나, 자슥."

바다의 너울은 잔잔했다. 에메랄드빛이 잔 너울에 조

각조각 깨어지다가 이어 붙으며 반짝이고 있다. 그 순간 첨벙 소리가 들렸다. 장정 두 명이 콧소리를 털어내며 손바닥을 터는 소리가 이어졌다. 청년은 바다로 뛰어들까, 라는 돌발적인 생각이 뇌리를 스쳐갔지만 몸이 따라주지 않았다. 어느새 청년은 거꾸로 매달렸고 조련사의 험상궂은 얼굴에서 짜내는 빈정거리는 미소가 피를 거꾸로 흐르게 하여 숨통을 조였다.

움막 구석에서 똬리벌레처럼 몸을 웅크리고 있던 미소년은 뙤창문으로 달려갔다. 조감도 같은 드넓은 수평선과 몇 채의 집이 눈에 들어온다. 문 쪽으로 달려가 문손잡이를 비틀어 열려고 하였지만 쇠사슬에 묶여 있었다. 발로 차고 소리를 질러도 그 뿐이었다.

어젯밤 바스락거렸던 소리에 대해 미소년은 기억하고 있지 못했다. 시간이 조금 흘러 조련사의 아내 배불뚝이가 쇠사슬을 풀고 움막 안으로 들어왔다. 노란 빛의 옥수수 죽을 들고 왔다.

"헐일 많응께 어여 먹구 나와."

배불뚝이는 아둔하게 생긴 것 과는 다르게 소란스러웠던 아침의 상황을 빨리 종료 시키고 태연하게 있었다. 미소년도 마찬가지였다. 김노인의 죽음에 대해 그는 알고 있지 못했다. 그 이유는 그 상황 분별 할 수 있는 인지 능력이 미소년에게는 부족했기 때문이다. 단지 눈앞에 보이는 그대로 볼뿐 죽음이 뭔지, 여자와 자유가 뭔지 그는 알고 있지 못했다. 옥수수 죽을 맛있게 먹은 다음 미소년은 쉴 새 없이 대파를 밀어 소금을 모으고 어느 정도 쌓인 소금을 삽질하여 손수레에 실었다. 한 사람 바듯이 지날 수 있는 논둑을 미소년은 손수레를 제법 능수능란하게 끌었다. 이미 그의 얼굴에는 땀 방물로 흥건했고 누더기 셔츠는 빗물에 젖은 듯 몸에 착 달라붙었다. 소금창고에 철퍼덕 주저앉은 미소년이다. 옷소매로 얼굴의 땀을 씻어냈다. 굵은 소금을 한 움큼 쥐었다. 굵은 소금 입자가 손 안에서 거칠게 느껴진다. 굵은 소금의 입자의 빛깔이 그의 시선을 잡아끌었다. 백색은 묘하게 미소년의 관심을 끌었다. 보석처럼 반짝이는 작은 알갱이들이 미소년의 손가락 사이로 흘러내린다. 한웅큼 손에 쥐고 다시 손가락을 펴니 그 사이로 흘러내리는 소금의 질감을 느꼈다.

조련사와 장정 두어 명이 청년과 함께 사라진 것이 떠올랐다. 그리고 배불뚝이 아내 혼자 교도관처럼 자신을 감시하고 있다는 것에 용기가 치솟아 올랐다. 멀뚱 수평선을 바라보았다. 멀찌감치 산과 듬성듬성 집들이 보인다. 본능적으로 심장박동 수가 빨라지고 피가 역류하며 뛰기 시작한다. 위아래로 공처럼 튀며 손가락으로 툭 건드리면 하늘로 솟아오를 것 만 같은 묘한 기분이다. 태어나서 처음 느껴보는 두근거림이다. 불안하고 초조하기도 하지만 자기 자신이 염전을 벗어나 어디론가 뛰어야 할 것 같았다. 소금창고 문에 기대어 주변을 살피었다. 배불뚝이는 파라솔 그늘 아래 앉아 미소년을 감시하고 있다.

"늑대-소금창고에서 똥 누나, 소금에 머리박고 뒈졌나."

배불뚝이는 미소년을 처음 보고 인상이 늑대 닮았다고 호칭을 이름처럼 부르며 늑대라고 불렀다. 나무의자에 앉아 부채질을 하며 미소년이 있는 소금창고로 붙박이 시선을 두고 있다. 미소년은 상채를 굽히고 수평선 끝으로 내달리기 시작했다. 소금창고에서 탄피처럼 튀어나와 내달리는 미소년을 보고 화들짝 놀란 배불뚝이는 그 자리에서 일어나 몇 걸음 소리지르며 뒤쫓아 오더니 이내 지쳤는지 뒤쫓는 일을 포기하였다. 부채를 든 손을 젓더니 뒤돌아 파라솔 그늘 아래 나무 의자에 엉덩이를 느긋하게 붙였다.

미소년은 논배미를 뛰었다. 허겁지겁 갈퀴질 하듯 팔을 휘저으며 뛰었다. 염전 주변에 무릎까지 솟은 염생을 헤치며 뛰다가 넘어지기도 했다. 배불뚝이가 뒤쫓아 오는지 잠시 멈칫거리며 미어캣처럼 몸을 세워 뒤돌아봤다. 성냥개비처럼 작은 배불뚝이 모습을 보고 뒤쫓아 오지 않는다는 사실을 알고 마음이 놓였다. 그는 생각할 겨를 없이 본능적으로 마을 쪽으로 뛰었다. 숨이 턱까지 차올라 더 이상 뛸 수 없을 정도로 뛰었을 무렵 폭이 좁은

도로가 나왔다. 오고가는 차와 인적은 없다. 그 길을 따라 그는 걷다가 뛰고 뛰다가 숨이 턱밑까지 차오르면 걸었다.

　마을 몇 채가 눈에 띈다. 부둣가도 보인다. 언덕을 내려가면 코앞에 닿을 듯하다. 뛸 수도 걸을 수도 없을 지경의 상태가 되자 낯익은 소리가 귀 볼을 잡아당겼다. 고개를 돌려 뒤돌아보는 순간 아침에 보았던 안전모 쓴 사내였다. 아침에 입고 있던 복장 그대로였고 오토바이 앞 소쿠리에는 상자와 편지봉투가 가득했다. 뒷자리는 빨강색의 상자가 달려 있다. 미소년은 자신도 모르게 입가에 미소가 흘렀다. 구원자가 자신의 눈앞에 나타난 것처럼 흥분되고 기뻤다. 그도 모르게 길 가장자리에서 중앙으로 나서며 오토바이의 질주를 막기 위해 양팔을 벌려 가로막아 섰다. 안전모를 쓴 사내는 미소년을 보더니 브레이크 페달을 밟아 오토바이의 속력을 줄였다. 덤벙거리는 미소년 앞에 선 오토바이를 메인스텐드로 세운 안전모를 쓴 사내는 콧방귀를 끼며 바지주머니에서 담배를 꺼내 물었다. 그러더니 미소년을 한번 흘겨보더니 코웃음을 쳤다.

　미소년은 안전모를 쓴 사내의 팔을 잡아 끌었다. 그가 무엇을 하는 사람이며 어떤 일에 종사하는지 모르지만 절대절명의 순간 그에게 도움을 받을 수 있을 것이라고 믿었다. 안전모를 쓴 사내는 필터까지 태운 담배를 중지로 풀밭에 퉁겼다.

"아니 이 자슥, 와-여기에 있어."

안전모를 쓴 사내의 말을 전혀 알아듣지 못하는 미소년이다. 미소년은 그 사내 앞에 손 발짓으로 자신이 경험한 전후사정을 토로(吐露)하였다. 안전모를 쓴 사내는 미소년을 한 참 바라보다가 오토바이 뒤에 타라고 손짓했다. 자신의 어눌하고 정확하지 않는 발음을 알아들었다고 생각하니 미소년은 안도의 한 숨을 내쉬었다. 그 다음의 일은 계획되어 있지 않았다. 염전과 멀리 떨어지고 싶을 뿐이다. 지푸라기라도 잡듯 안전모를 쓴 사내에게 매달리긴 하였지만 왠지 모르게 오토바이가 향하는 방향은 탐탁치 않았고 불길한 예감에 사로잡혔다.

책장의 책꽂이처럼 뒷좌석에 꽉 끼어있는 미소년은 움직일 수가 없었다. 더군다나 뒷좌석에는 빨간 우체통 박스가 단단히 고정되어 있기 때문이다. 소리를 지르고 주먹으로 그 사내의 등을 내리쳐도 꿈적도 하지 않았다. 얼마 지나지 않아 염전 앞에 오토바이가 멈추었다. 장정과 조련사, 배불뚝이가 소릴지르며 어슬렁어슬렁 다가오고 있다.

뱃머리에 미소년은 밧줄로 몸이 묶여 있는 채로 거꾸로 매달려 굼벵이처럼 꿈틀거릴 뿐 저항 한번 해보지 못했다. 그리고 미소년은 두 달이 지난 뒤에 미용실에 숨어 있다 붙잡혀 뱃머리에 거꾸로 또 매달렸다. 한 시간 동안 거꾸로 매달린 채로 있다 보면 피가 머리로 쏠려 정신을 잃고 기절 할 때도 있다. 그 청년도 그랬으리라.

반년이 흘렀을까, 주식은 주로 옥수수 죽이었고 간혹 빵과 우유 뿐 이었다. 염전 작업이 없을 경우 채마 밭에 나갔다. 채마 밭에서 주는 사이참과 주식은 옥수수와 콩 등 항시 똑같았다. 미소년은 쇠약해졌고 뼈가 앙상할 정도로 말라갔다.

김노인의 죽음 뒤에 청년은 날아다니는 파리 소리에도 지레 겁을 먹었다. 미소년도 마찬가지였다. 그러나 청년은 작은 고함소리에도 어쩔 줄 몰라 덜덜 떨었다. 몸이 쇠약해질 대로 쇠약해지자 염전의 일도 제대로 가누지 못하자 조련사에게 매질을 당하고 난뒤 열흘 동안 병상으로 누워 있기도 했다.

어느 날 밤, 비바람 소리와는 다른 부스럭거리는 소리가 들렸다. 김노인이 죽던 그날 밤과 같은 소리다. 미소년은 두려움에 떨며 두 눈을 꼭 감았다. 약간의 신음소리가 들려왔다. 침상마루는 그의 체중을 감당해내면서도 이내 어느 한곳이 어긋나 버릴 것만 같았다. 바닥에 내려 앉은 먼지가 어둑어둑한 공기중으로 오르고 있다.

그 다음 날 아침 청년은 김노인처럼 죽어 있었다. 유일하게 언어가 통하던 사람, 미소년의 눈가에는 눈물이 글썽였다. 김노인의 상황과 똑 같이 흰 천으로 감아 장정

두 사람이 사체를 들고 조련사와 함께 사라졌다. 그 아침에도 옥수수 죽을 먹고 염전 일을 해야만 했다. 그날 저녁 움막 안으로 미소년 두 명이 새로 들어왔다. 배불뚝이에게 모두 "늑대"라고 불리었다. 움막에 갇혀 있는 존재는 모두 늑대였을 뿐이다.

  미소년은 불안했다. 김노인의 죽음과 청년의 죽음을 떠올렸을 때 그 모두 쇠약한 몸의 체형이 비슷했다. 자신의 몸도 쇠약해지고 있고 그들보다 더 약한 존재가 아니던가. 그날 밤 배불뚝이에게 늑대로 불리는 두 소년은 서로 부둥켜안고 밤새도록 흐느껴 울었다. 그러나 아침 옥수수 죽을 먹을 때 그 둘은 서로의 것을 탐내며 으르렁 싸우기도 한다. 그 모습에 미소년은 자신도 모르게 웃음을 참을 수 없어 박장대소한다.

제5장
구토

제5장 구토

 토요일 오후, 가을의 초입이라서 그런지 햇볕은 동욱의 목덜미에 달라붙어 물어뜯는 모기처럼 덤벼들어 뜨끔거리며 따가웠다. 오전 수업이 끝나자마자 동욱은 배곯은 채 집으로 향한다. 그는 미간에 상형문자를 새기며 얼굴에는 힘 들어하는 표정이 역력했다. 때마침 가방을 집에 던지고 이내 밖으로 뛰쳐나온 조용준은 동욱의 발걸음을 따라잡으며 그의 집으로 찾아왔다.
 "딱정벌레 교주의 목소리를 듣고 있자면 골치가 아파."
 대뜸 불만을 늘어놓는 조용준의 부드럽지 않은 어투

가 동욱의 귀를 물어뜯는 것처럼 거슬렸다. 평소에는 녹음기처럼 수백 번 반복해서 대상을 헐뜯으며 난장을 해도 모자란 대화였건만, 그날따라 동욱은 몸을 지탱하고 있던 의욕의 기둥이 사르륵 녹아 증발해 버린 연체동물의 느낌이었고 이유 없이 기분이 좋지 않았다. 스스로 무엇 때문일까, 자문도 해 보았지만 가시덩굴을 헤쳐 나가는 강렬한 가을 햇살, 개천의 축 늘어진 버드나무, 내장이 파열된 동물의 사체와 그 죽은 사체를 뜯어 먹기 위해 모여든 까마귀 떼, 그 현상들을 무상무념으로 멍청하게 바라보는 그는 패각처럼 무기력감에 빠져 있다.

활기찬 조용준과는 다른 모습이었다. 동욱은 틈만나면 푸념을 깊게 내쉬며 자신의 방에 백짓장처럼 드러누웠다. 어찌할 바를 모르고 이를 지켜본 조용준은 맥이 빠진 동욱을 힐끔 훔치더니 책상에 앉아 책꽂이의 책들을 만지작거렸다. 묵묵한 침묵은 숨소리와 기침 소리, 공기 중에 떠다니는 미세한 먼지까지도 어색하게 만들었다. 책을 꺼내 읽는 척하다가도 책과 거리가 먼 용준은 책을 덮고 천장을 힐끗 훔치거나 책상 서랍을 열고 닫으며 뒤적거렸다. 시선을 어느 곳에 두어야 할지, 그의 문제가 무엇인지, 어떻게 위로해야 할지, 만감이 교차하며 용준을 낯설게 괴롭히고 있다.

동욱은 두 눈을 감고 누워 있었지만 귀는 조용준이 만지작거리며 내는 부스럭 쪽으로 움직였다. 귀볼을 잡아

당기는 거슬리는 소리였다. 오장육부를 뒤집는 것 같고 아침에 먹었던 계란과 오이짱아치가 식도를 타고 거슬러 올라와 토악질을 해 댈 것만 같았다. 그의 행동을 멈추게 할 의지와 기력도 남아 있지 않았다. 왠지 귀에 거슬리는 투박한 동작과 타악기를 두드리는 기침소리였지만 한 편으로는 그의 동작이 악극단처럼 자신을 위해 공연을 지속하여 주길 내심 바라고 있다. 그것은 검은머리 짐승의 이중적인 욕망 같은 것일지 모른다.

한참을 책상의 물건을 꺼내 부스럭거리며 만지작거리다가 다시 집어넣고, 아랫 서랍을 열어 뒤척이더니 용준은 키득거리며 해맑아졌다. 눈높이까지 치켜 올린 화사한 색깔의 표지그림이 그려 있는 잡지를 발견한 그였다.

"이렇게 귀한 것을…어떻게 혼자 볼 수 있는 거지."

그의 말에 동욱은 지그시 눈을 떴다. 그가 흔들어 펼쳐 보이는 잡지를 무상무념으로 올려다보았다. 무상무념의 동욱은 이내 고개를 돌려 구부정한 태아자세로 바꾸었다. 책상 앞에 허리를 구부정하게 숙이는 조용준이다.

그리고 잡지에 질펀하게 침 자국을 남기며 잡지 한 장 한 장 넘기는 소리가 들려왔다.

세상에서 제일 음밀하고 음흉한 비밀, 귀엣말로 남아 있어야 할 신성함이 조용준의 이상스러운 행동으로 그 비밀은 무너져 내렸다. 사람을 홀리는 잡지책을 한 쪽 손으로 쥔 채 그는 허겁지겁 허리띠를 끌렀다. 그 바지 속에서 무엇인가를 찾기 위한 몸부림이었다. 사타구니를 긁적이며 그는 바지를 무릎 아래까지 내리며 뽀얀 장단지의 살결을 드러냈다. 그의 행동은 뱀 비늘처럼 매끄러웠고 몽롱한 표정으로 지그시 눈을 감았다. 그는 몽롱한 상태의 용광로처럼 뜨거워진 욕정, 그 치솟는 환상을 무너뜨리고 싶지 않았는지 동욱이 경멸에 찬 시선에도 불구하고 그 행위는 멈추질 않았다.

"얼릉, 얼릉 가져오라고."

급박하게 다그치며 독촉하는 그 말이 무슨 뜻인지 동욱은 알아듣지 못한 채, 아니 무시한 채 경멸의 눈빛으로 그의 빨래방망이같이 커진 성기를 올려다보았다. 바보처럼 멍하니 앉아 자신의 자위행위를 보고 있는 동욱에게 손을 뻗어 손사래를 치며 고래고래 소리를 내질렀다.

동욱은 처음부터 비밀스럽고 은밀해야 할 자위행위, 자신의 눈앞에서 구토가 날 만큼 역겹게 쾌락을 즐기고 있는 조용준의 돌발적인 태도를 이해 할 수 없었다. 동욱은 헐레벌떡 주변을 더듬거리며 무엇인가를 찾았다. 무엇을 찾아야 할지 정확히 머릿속에 그려지지는 않았으나 무엇이 필요하다는 것을 직감하고 있었다. 허둥지둥 거리다가 눈에 확대경으로 비치는 것처럼 눈에 확 띤 물건이 있었다. 화장실에 버려놓은 알록달록한 어머니 팬티였다. 그 순간 엉겁결에 집어든 어머니 팬티였지만 그에게 건네주고 나서 가시 하나가 목에 걸려있는 것처럼 찝

찝한 기분을 한동안 떨치지 못했다. 삽시간에 일은 벌어졌고 최고조에 도달한 조용준의 독촉에 동운의 머리는 백지 상태였다. 욕정과 쾌락에 부풀어 오른 풍선, 그 쾌락의 결정체가 빠져나가고 그의 몸이 추풍낙엽처럼 오그라들 때 대문이 열리고 인기척 소리가 들려왔다. 화들짝 놀란 조용준은 바지를 챙겨 입지 못한 채 방문 너머로 끈끈한 쾌락의 결정체를 묻힌 어머니 팬티를 한쪽 구석에 집어던지고 벽 옆으로 붙어 숨었다. 동욱은 재빠르게 방문을 꽝 닫아버리고 용준에게 손짓을 하였다.

"동욱아, 워칙헌댜…. 에고…외숙모가 죽었댜. 이일을 워칙헌댜."

느닷없이 집으로 귀가한 어머니였다. 혼비백산하여 얼굴이 시퍼렇게 질린 어머니는 주변을 살필 겨를 없이 안 방에 윗옷을 벗어던지며 가슴을 드러낸 채 옷가지들을 주섬주섬 챙겼다.

백혈병을 앓고 있던 외숙모의 죽음은 동욱에게 어떠한 슬픔과 고통을 의미하지 않았다. 무쇳덩어리처럼 무덤덤한 표정으로 그 상황을 받아들이고 있다. 안방을 들락날락하며 장롱의 옷가지를 뒤적이다가 다시 장롱의 문을 닫았다.

"워여-늦지 않게 옷 입어. 싸게 입고 병원 가야혀. 잉-용준이 왔구나. 에구-놀러 왔는 듸, 담에 놀구 오늘은 집으루 되돌아가야 쓰겄다. 잉-"

옷가지를 챙기다가 용준이가 방문 너머 구석진 곳에 내던진 팬티를 집어든 어머니였다. 옷가지들을 한아름 들고 안방으로 들어갔다. 용준은 그 틈을 타 도둑질하다 들킨 사람처럼 재빠르게 도망쳤다. 동욱은 어안이 벙벙한 채로 구토를 느끼고 있다. 헛구역질을 두어 번 하고 내장까지 뒤틀리며 매스꺼움까지 느꼈다. 동욱의 어머니는 옷을 갈아입고 안방을 나오자 고개를 갸웃거렸다. 속옷이 불편한지 꺼림칙한 표정으로 얼굴을 일그러뜨렸으나 이내 정신을 가다듬고 동욱과 함께 병원으로 향했다.

영안실에 누워있는 외숙모는 마네킹 같아 보였다. 동욱은 싸늘한 주검으로 누워있는 마네킹 같은 외숙모에게서 어떠한 감정도 느낄 수 없었다. 늙수그레한 외삼촌의 태도에도 슬픈 기색이 눈곱만치도 없어 보였다. 마네킹을 눕혀 놓고 그 마네킹의 모습을 훑어보는 방관자의 태도이다. 시집간 외사촌 누나가 눈물을 왈칵 쏟아내며 영안실 안으로 들이닥쳤을 때 엄숙한 침묵은 유리조각처럼 깨어졌다. 엄마의 소식을 듣자마자 서울에서 택시를 타고 소도시로 급작스럽게 내려온 터라 정신이 없어 보였다. 그녀는 영안실에 들어서자마자 날다람쥐처럼 마네킹의 몸과 손을 낚아채며 이리저리 더듬거렸다.
"엄마의 체온이 느껴져, 심장도 여리게 뛰고 있어. 내 목소리 들려, 엄마."

동욱은 외사촌 누나의 울음소리가 비통함에 가득한 고통이라고 느껴지지 않았다. 〈비극〉같아 보이는 저 장면, 마치 연극의 한 장면 같았다. 시간이 흐를수록 그 울음소리가 역겹게 느껴지고 속이 매스꺼워졌다. 영안실을 뛰쳐나가고 싶은 마음은 굴뚝같았지만 숙연한 자세로 연출을 하며 그 자리를 지킬 수 밖에 없었다. 동욱은 '나는 외숙모의 죽음에 슬프거나 고통스럽지 않아. 비록 내 기억에는 없지만, 외숙모의 젖을 먹고 자랐다고 해도 나는 외숙모에 대한 어떠한 감정도 가질 수 없어. 마네킹일뿐이라구. 이 이야기도 주변에서 들은 말이지만 잦은 가출과 외박과 다른 남자와 동거를 했다는 것을 알지. 어린 자식과 외삼촌을 버리고 어떻게 그렇게 할 수 있지. 얼굴에 철판을 둘러서 그런지 뻔뻔하게도 아무 일 없었던 것처럼 가출한지 1년 만에 집에 되돌아와 어머니 역할, 외삼촌의 여자 역할에 충실했다고 자신의 입으로 떠벌리고 다녔지. 외숙모의 말을 믿는 사람은 아무도 없었어. 어느 날은 동거남에게 개패 듯이 맞아 갈비뼈가 부러지고 온 몸은 말굽버섯 크기의 검푸른 피멍이 든 채 파출소 소파에 나체로 누워 있던 것과, 다방 레지 출신의 버릇을 죽을 때 까지 고치지 못한 채 가출을 밥 먹듯이 하다 부끄러운 나머지 외사촌 누나 둘을 농약 먹고 자살하게 만든 장본인이라는 것을. "그는 혼잣말로 입안에서 웅얼거렸다. 그러자 뱃속에 가스가 가득 찼는지 헛배가 불러왔고 트림을 하며 창자가 꼬이 듯 고통스러웠으며 매스꺼웠다.

"그만 울어-계집 애야. 운다고 죽을 사람이 다시 살아난다던."

고개를 젖히며 콧방귀를 끼었다. 게슴츠레한 눈으로 팔짱을 끼는 외삼촌이었다.

"아빠는 뭔 말을 그런 식으로 한데, 엄마가 불쌍하지도 않아, 응-손이 차가워지고 있어. 미약하게 뛰던 심장 소리도 이제 들리지 않아. 불쌍한 엄마, 어떡해-"

불쌍하다는 외사촌 누나의 말에 주변에 모여 있는 그 어느 누구도 공감하고 있지 않은 밋밋한 표정이다. 주변에 마치 모연든 파리를 내쫓는 분위기이었다. 동욱은 버틸 수가 없을 정도로 얼굴이 붉으락푸르락해졌다. 오해를 불러일으킬 정도로 외숙모에 대한 슬픔을 감출 수 없는 표정이 되어 버린 것이다. 입을 틀어막고 동욱은 영안실을 뛰쳐나갔다. 화장실을 찾아 헤매다가 여자 화장실 변기에 타조처럼 머리를 처박고 토악질을 해댔다.

"외숙모 젖 먹고 자랐다고……."

외삼촌의 목소리가 뒷덜미를 잡아끌었지만 이 구토가 음식물도 거절하게 만들더니 그동안 마셨던 물만 쏟아내어 그를 지치게 만들었다.

장지로 이동하는 동안 외삼촌은 부의금이 든 청색의 가방을 겨드랑이에서 빼지 않았다. 뗏장을 입힐 때도,

인부들이 점심을 먹거나 휴식을 취할 때도, 주변을 나무 늘보처럼 어슬렁거리며 겨드랑이에는 부의금이 든 가방이 일수가방 같이 껴 있다. 장지를 따라 나섰던 사람들 모두 소곤거리며 외삼촌의 태도에 대해 소곤거렸다. 자기 자신을 헐뜯는 목소리에도 아랑곳하지 않고 돈 가방을 지키기 위해, 잃어버리지 않기 위해 한시도 겨드랑이에서 돈 가방을 빼어 들지 않았다.

"오빠, 인부들에게 그래도 떡값 정도는 줘야…."

동욱의 어머니가 보다 못해 외삼촌의 팔을 끌며 귀엣말로 일러주었다. 그러자 외삼촌은 화를 버럭 내며 동욱의 어머니에게 핀잔을 주며 나무랐다. 어렴풋이 동욱의 귀에 바람처럼 흘러 들어간 얘기를 들을 수 있었다. 인부들은 외삼촌이 쉽사리 떡값을 주려하지 않자 묏장을 입히다가 육두문자를 주변 사람들이 들리도록 소리를 높였다. 삽자루를 질펀한 진흙에 내리꽂거나 투정어린 말투를 흐렸다. 짜증을 부리는 인부의 불만스런 태도에도 외삼촌은 돈 가방을 겨드랑이에서 빼지 않고 혼자 도둑고양이처럼 슬금슬금 산 밑으로 내려가 사라졌다. 마네킹의 죽음으로 얻은 돈을 몰래 세고 있는 모습이 다른 사람의 눈에 띠었다. 그 모습을 보고 이웃집 사람들은 소곤거리기 시작했고 욕도 간혹 크게 들려왔다. 모든 시간이 역겹고 구역질이 났다. 외삼촌이 부조금을 세는 것이나, 그를 욕하는 이웃 사람들의 두툼한 입과, 혀 그리고 알록

달록한 옷과 인부들의 이마에 흘러내리는 땀, 그들이 신고 있는 청색의 장화, 아무것도 모른 채 히죽거리는 아줌마, 곱슬머리, 젖가슴, 술에 취한 사내와 술 냄새, 담배 연기, 소리, 소리를 내는 모든 것들에 대해 동욱은 구토를 느꼈다.

"시래기 국에다 밥을 말아 먹어, 먹지 않고 어떻게 버티려고 그래."

동욱의 어머니는 밥과 시래기 국을 동욱에게 건넸다. 무심코 숟가락과 젓가락을 들고 시래기 국과 밥을 받아 앞에 놓았다. 그리고 가을 초입의 들판을 바래기하며 멍하니 앉아 있었다.

"뭘 꾸물거려, 한 숟가락이라도 먹어 봐, 아무리 슬프다고 해도 산 입에 거미줄을 칠 수는 없잖아."

동욱은 어머니의 말을 한 귀로 듣고 한 귀로 흘려보냈다. 바람이 머릿결을 스쳐 가듯이 무심코 흘려보냈다. 그러면서 그는 외숙모에 대한 기억을 떠올렸다. '내가 외숙모의 물 풍선 같은 젖의 젖꼭지를 물고 자랐다고. 나는 기억에 없는데. 성인들은 모두 내가 외숙모가 키웠다고 말하지. 아니 나를 아는 사람들은 다들 그렇게 말하고는 하지. 나는 외숙모의 죽음에 대해 슬퍼하는 것이 아냐. 단지 속이 거북하고 매스꺼워서 눈물이 나고 고통스러울 뿐이야. 제길, 그렇게 말하는 성인들 모두 그 말에 대해 구토가 난다구.'

시래기 국에 밥을 풀어 놓고 한 숟가락을 어렵게 삼켰다. 그리고 무의식적으로 시래기 국물까지 다 먹고 청명한 하늘을 올려다 보았다. 푸른 목초지에 흰 양떼를 풀어 놓고, 목동은 그 맞은편에 앉아 구토를 하고 있는 것만 같다. 시간이 조금 흐르자 가을의 강렬한 햇볕에 어지럼증과 뱃속의 거북함을 느꼈다. 주위의 사람들에게 이 증상을 이야기 할 수도 없었다. 단지 그들이 지레짐작으로 생각하고 있는 그 사고방식을 존중하기로 한 동욱이었다. 트림을 하니 좀 전에 먹은 시래기 국과 밥알들이 역류하여 목까지 차올랐다. 동욱은 재빠르게 자리에서 일어나 소나무로 우거진 숲속으로 뛰었다. 토악질을 해대며 먹었던 음식을 토해내기 시작했다. 뒤따라 달려온 외사촌 누나는 울먹거리며 등을 두들긴다. 주변사람들은 혀를 차며 동욱의 토악질을 외숙모의 죽음과 연관 지으며 혀를 차고 안쓰러워했다.

며칠 동안 동욱은 체기(滯氣)로 학교도 가지 못한 채 미음만 먹으며 병석에 앓아누워야 했다. 미음을 질리도록 먹는 동안 동욱은 외숙모의 죽음과 연관된 어떠한 기억을 떠올리거나 죽었다는 사실을 깡그리 잊고 있었다. 주변의 이웃이나 일가친척들은 동욱의 체기가 외숙모의 죽음에서 온 슬픔과 충격에서 비롯된 병이라고 한마디씩 거들었다. 그들의 염려와 우려와는 달리 체기는 이상하리만치 기존의 음식을 거부하는 몸의 구토 때문이었다.

그 구토라는 것은 동욱이 즐겨먹던 달콤한 젤리와 카스텔라 빵과 우유, 그가 보고 만나는 사람들과 낡은 사물, 새소리 등이 역겹게 느껴지기 시작한 때부터이다. 어느 때부터 구토를 심하게 앓았는지 모르지만 그 이유는 정확히 알고 있었다. 한편으로는 모든 존재가 구토를 유발할 수 있는 이유가 충분하다는 것이다.

어느 날, 일상의 생활과 사물과 음식들을 거부하던 그에게 식탁에 비위생적으로 돌아다니는 닭발에 입맛을 찾았다. 그동안 구토를 유발시켰던 음식을 멀리하고 그는 그동안 자신이 거부했던 음식을 찾기 시작했다. 심지어 싱크대 구석에 돌아다니던 바퀴벌레를 잡아 입속에 넣어 그 맛을 음미하며 느껴보기도 하였다. 그 이후부터 그의 구토는 조금씩 가라앉기 시작했고 타인이 역겨워하는 음식들을 찾기 시작했다. 정확히 말하면 가난한 성인들이 먹고 남긴 돼지껍데기나 족발, 풀밭의 귀뚜리 등이다.

안개가 자욱한 수요일 아침, 일주일 만에 등교하는 동욱은 모든 것이 낯설게 느껴졌다. 자신의 신체 중에서 제일 먼저 변화된 것은 혀이다. 그리고 그는 눈을 비비며 교정을 바라보았다. 향나무와 팔이 잘려진 이승복 동상, 짙은 안개, 소녀들의 목소리, 선도부의 완장과 그 완장을 차고 쇠꼬챙이처럼 목을 빳빳이 세운 주변과 그 졸개들, 생소하지 않은 모든 것들이 처음 보는 것같이 낯설었다. 그들의 이름부터 알아놓아야 할 것 같았다. 자신의 변화된 신체의 두 번째는 눈이었다.

오전 수업 내내 동욱은 3층 교실 창가에서 턱을 괴고 물끄러미 창밖을 보았다. 뻐꾸기들이 한 참 짖다가 사라지고 점심시간을 알리는 종소리가 낡은 스피커를 통해 깨를 볶듯이 지글거리며 들려왔다. 나뭇가지 체구의 호리호리한 이용광과 조용준은 도시락을 들고 동욱의 책상 앞에 모여 앉았다. 그는 두 사람의 도시락에서 풍기는 계란 고린내와 김칫국물의 핏빛에 헛구역질을 했다. 창문을 열고 환기를 시켜보았지만 자신의 코앞에 놓인 온갖 음식물에서 풍기는 역겨운 냄새를 견딜 수가 없었다. 그러나 그 자리를 선뜻 벗어 날 수가 없었던 이유는 장상아 선생에 대한 호기심이 발동했기 때문이다. 먼저 말을 꺼낸 쪽은 이용광이었다.

"저기 읍내 가다보면 개골창에 뚝방 있잖아. 근데 장상아 선생의 마누라한테 들리는 소문은 야밤에 이웃 사내넘하고 그 짓거리 하다 이웃에게 발각되었다지 아마."

"그래서 수업시간에도 맨날 술에 찌들어 매캐한 냄새를 풀풀 풍기고 다니는 구만."

휘둥그레진 눈으로 조용준은 이용광의 말에 맞장구를 쳤다. 덧붙여,

"하루도 빠짐없이 술 냄새가 나고 술독에 빠졌는

지 두 눈은 맛이 간체로 수업도 하는둥 마는둥 했구만……."

그 말에 역겨움을 참아내고 있던 동욱은 조용준을 보채며 물었다. 호기심 때문에 상세하게 듣고 싶었다.

"처음엔 옥이야 꽃이야 금실이 좋았는데. 근데, 마누라가 저녁 늦게 식당 일을 하잖아. 이웃 사내가 자주 드나들다가 꼬드겼다나 뭐라나. 중요한 것은 여인숙도 아니고 개골창 뚝방에서 즐기다가 그것도 이웃에게 발각되어 이혼하게 됐다지. 그게 첫 번째고 두 번째는 뭐냐, 두 번째 마누라는 술집 과부를 얻었다고 하는데 돈만 밝히더라는 겨. 동생이 사업하게 돈 꿔달라는 말로 이리 쪼끔 저리 쪼끔 좀 벌레처럼 뜯어먹다 뜯어먹을게 없으니까 줄행랑 치고, 세 번째 부인은 그냥저냥 살다가 백혈병에 죽고, 네 번째 부인은 그것을 못하니 딴늠하고 달아나고, 요즘은 늙수그레한 할망구를 만난다는 구만."

그들은 키득키득 웃으며 점심시간을 보냈다. 사실 장상아 선생은 퇴근 후 포장마차나 여염집에 들러 술에 곤드레만드레 취할 때 까지 술을 먹고 집으로 귀가 한다는 소문이 파다했다. 아니 지나가는 개미조차도 알고 있을 정도였다.

그 다음 오후 첫 수업은 조용준이 경멸하는 딱정벌레 국어선생이었다. 한 손에는 박달나무 몽둥이를 쥐고 다른 한 쪽 손에는 머리가 박살이 날 정도로 내려 친 출석부가 들려 있다. 교탁에 의자를 끌어다 놓고 국어책을 펴자마자 오물거리면 조용준은 책을 펼쳐 세워놓고 잠을 잔다. 얼마나 더 반복되어야 하지. 동욱은 머릿속으로 지겨운 시간과 공간을 역겨워하며 구토를 느꼈다. 다시 창자가 똬리를 틀 듯 뒤틀리며 아침부터 눈으로 보았고 냄새를 맡았던 역겨운 것들이 낱장으로 뇌리를 한 장씩 넘기고 있는 고통이었다. 무엇 때문에 속이 뒤틀리는 것일까. 복도를 지나가던 군복을 입고 있는 교련 선생이 멈춰서더니 창 너머로 넌지시 시선을 던졌다. 닭 벼슬처럼 머리카락이 서고 등짝이 이유 없이 오싹거렸다. 사냥감을 찾기 위한 매서운 눈빛, 배불뚝이의 조심스러운 움직임이었다. 딱정벌레는 웅얼거리며 교과서를 읽어 내려가는 듯 했고, 표적의 대상이 되지 않기 위해 독사의 눈빛을 알아챈 학우들은 허리를 곱게 펴고 전방을 구십 도로 주시했다.

　스르륵 교실문이 자연스럽게 열렸다. 딱정벌레는 읽던 교과서를 덮더니 배불뚝이 독사에게 '어서 빨리 네 일을 끝내라.' 자신의 고유영역인 수업시간을 침범당해 불쾌하고 못마땅한 표정이었다.

　귀가 뒤틀려 비명을 지르며 붙잡혀 가는, 배불뚝이 독사에게 끌려가 운동장에서 얼 차례 받은 학우는 다름 아닌 조용준이었다. 엎드려뻗쳐 해서 엉덩이 몽둥이찜질, 벤치에 두 다릴 올려놓고 엎드리는 자세 한강철교, 쪼그려 뛰기, 수류탄 등.

  동욱은 창가에서 얼차례를 받고 있는 조용준을 내려다보았다. 조용준의 죄는 무엇일까. 창 너머로 조용준은 어린 양의 모습이었고 배불뚝이 독사는 사육사 괴물로 보였다. 동욱은 숨을 폐 깊숙이 들여 마시고 내 쉬었다. 기쁘거나 슬프지도 않았다. 무덤덤한 표정으로 하나의 현상, 아니 기류로 잠시잠깐 피날레를 하며 사라지는 신기루 같은 것이라고 할까. 두통이 약간 느껴졌지만 동욱은 자신이 할 수 있는 일이란, 아니 무엇을 해야 할지도 몰랐으며 해야 할 필요성도 느끼지 못했다. 그 태도가 동욱을 무력하고 나약하게, 비유가 상하며 역겨운 벌레로 작아지고 있다는 것을 느꼈다.

  동욱은 펜팔을 한다는 이용광의 편지 내용을 감성이 풍만한 감성적인 언어와 문장으로 읊어주고 있다. 가을과 낙엽과 쓸쓸한 벤치를 뒤섞어 가며 하나의 시적인 문장을 불러주면 필체가 좋은 이용광은 알록달록한 꽃이 그려 넣어진 편지지에 받아 적었다. 며칠 뒤 그 소녀로부터 답장이 왔고 이용광은 그 편지 내용을 동욱에게 보여줬다. 달콤하고 부드러운 언어와 감수성이 풍부한 문장으로 구성된 소녀의 편지내용이었다. 동욱은 얼마동안 이용광의 펜팔소녀에게 답장의 내용을 써주느라 바빴다. 그때마다 소녀의 답장 내용 중에 하나는 "글을 잘 쓰시

네요."라고 편지지 끄트머리에 적어 놓았다. 그 말에 동욱은 흡족해하며 시 쓰기를 게을리 하지 않았는데 시를 쓸 때마다 동욱은 용광이를 불렀다. 창밖으로 시선을 돌리고 감수성의 촉을 세워 창 밖의 풍광에 몰입해 시적인 언어를 떠올렸다. 헝겊에 물을 먹인 듯, 감수성의 촉이 발휘되면 동욱은 한 구절씩 부드럽게 말했고 이용광은 연습장에 필체를 발휘하며 적었다. 감수성이 풍부한 시기에는 연습장에 적어 내려가는 모든 시가 금으로 치장해 놓은 듯 문장 하나하나가 아름답고 완벽해 보였을 뿐만 아니라, 동욱은 자기 자신이 시를 씀으로 해서 동경만 하던 시인이 된 기분으로 들뜬 감정을 감추지 못했다. 얼마나 엉터리의 시인지, 학우들 보다 조금의 글재주가 있어서 그런지 몰라도 동욱은 그 어떤 누구보다도 글 쓰는 것만큼은 뒤지기 싫어했고 그 만큼 자신감에 가득 차 있었다. 펜팔 내용을 생각하고 불러주고 이용광은 분홍색이 들어가 있는 편지지에 정신이 몰입되어 있는 동안 조용준은 동욱의 그런 모습을 불쾌하게 여기고 있었다.

"정말이지 동물원의 원숭이를 보는 것만 같아."

그 한마디를 툭 내뱉고 조용준은 몇 번이고 사라졌다. 그 둘에 대한 질투나 무관심뿐만 아니라 서로에 대한 대화가 소홀해졌기 때문이다. 이용광의 급격한 반응과 달리 동욱은 무덤덤한 태도로 일관하였다. 이유를 알 수 없다는 아리송한 표정으로 그를 무시했지만 이용광은 달랐다. 용광은 매번 그의 뒤를 쫓아갔고 교실로 들어 올 때마다 그 둘의 몸에서는 담배 냄새가 역겹게 풍겼다.

"사과하마, 동물원의 원숭이 같다는 말."

그의 사과에도 불구하고 동욱은 무덤덤한 표정으로 그를 바라 볼 뿐이었다. 자신이 왜 그런 행동을 취했는지 변명과 이유를 궁색하게 늘어놓았다. 동욱의 마음은 무덤덤하기는커녕 속엣 말로 그에게 항시 말하고 있었다. 그러나 그를 마주하게 되면 벙어리처럼 아무 말도 할 수 없었다. 그 앞에서면 머리와 마음이 쇳덩어리처럼 무겁고 그 어떤 생각도 할 수 없었다. 더욱더 그가 딱정벌레 교주를 신날하게 비판하거나 욕지거리를 내뱉을 때마다 보이지 않는 마력에 의해 그를 내면에서 밀쳐내고 있었다.

'더 이상 네 목소리로 딱정벌레 교주에 대한 욕을 듣고 싶지 않아. 매번 하는 소리, 뻔한 말, 세뇌를 하는 그 말과 말투가 싫단 말야. 왜, 또다시 그 이야기를 들어야지. 딱정벌레 교주는 너나 나나 상관 할 바 아니야. 딱정벌레는 우리가 공부를 하던 하지 않던 간에 관심도 두지 않는 녀석이라고. 늙어 기운도 없고 세상에 대한 희망이라고는 전혀 없는 선생 나부랭이라구.'

동욱의 머릿속에는 그 언어의 벌레들로 가득했다. 머리를 긁적일 때마다 그 벌레들이 비듬처럼 쏟아져 내리는 것만 같았다.

그 뒤로 조용준은 역겨운 딱정벌레 교주를 힐난하게 비방하며 다녔다. 그 누구도 조용준의 행동을 이해하지 못했다. 화장실 문짝과 학교 담벼락, 복도 벽이나 닥치는 대로 매직 사인펜으로 '딱정벌레 교주는 죽어라, 폭력 교사, 늙은이, 영혼을 빨아먹는 흡혈귀, 돈 벌레 등등 곳곳에 낙서로 치장되었다. 동욱은 배불뚝이 독사에 대한 앙갚음의 대상으로 딱정벌레를 선택한 것이 아닌가, 의뭉스러워했다. 우왕좌왕하는 선도부와 교무실의 선생들은 범인을 잡기 위해 동분서주 한다지만 학우들은 진작 조용준의 짓이라는 것을 알고 있었다. 학우들의 의리 때문이랄까, 아니면 하나같이 폭력적이고 방관자들 그리고 위선자라고 여기는 선생들에 대한 복수심을 대리만족 한다고 할까, 그래서인지 발설하는 사람은 아무도 없었다.

"난 네가 한 줄 알아. 왜 그런 짓을 하지. 잘못하면 퇴학 맞을 수도 있어."

동욱은 넌지시 용준을 불러 물었다. 소홀하고 무덤덤한 관계로 껄끄러웠지만 그는 이유가 궁금했다. 잠시 용준은 멈칫거렸다. 자신의 짓이 아니라고 발뺌 할 것인가, 솔직히 털어 놓을 것인가를 두고 갈등을 격고 있었다. 하지만 자신의 눈으로 시선을 갈고리처럼 걸치고 있는 동욱을 힐끗 훔치며 그 시선을 피해 움찔해지는 조용준이었다.

해가 뉘엿뉘엿 지고 있다. 감나무에 대롱 걸린 홍시 같았다. 그 엉뚱한 생각도 잠시 집으로 향하는 철로를 이용광과 함께 셋이서 걸었다. 셋은 담배를 물어 피웠고 십여 분을 묵묵한 침묵으로 일관하며 철로 위를 걸었다. 장항선 비둘기호가 경적을 울리면 전처럼 철로에 비켜섰다가 올라 탈 수도 있었을 것이다. 그러나 셋의 머리는 똑같이 머리에 똬리를 얹고 큰 돌을 그 위에 얹어 놓은 듯 숙연하며 무거웠다. 비둘기호는 긴꼬리를 감추며 사라졌다.

  '침묵에 휩싸인 채로 십여 분을 더 걸어야 하는가, 아니면 차비를 걷어 소도시 중간쯤에 있는 허름한 움막에 들어가 술을 먹어야 하는가. 아니면 지금 물어봐야 하는가, 속이 울렁거린다. 이 울렁거림은 무엇인가. 역겨운 기억을 다시 되살리고 토악질을 하게 만드는 뱃속의 울렁거림.'

  어슴푸레하게 어둠이 철로 바닥까지 깔릴 무렵이었다. 먼저 입을 연 쪽은 조용준이었다.

  "뭐가 이래, 이 모두 동욱이 네 탓이라구."

  그의 말 한마디에 둘은 발길을 멈추었다. 유독 눈에서만 빛이 보일 정도로 어두워졌다.

  "네가 그러지만 않았어도 내가 그 짓은 하지 않았어."

동욱은 그의 말을 이해 할 수 없었다. 아니 이해하려고 해도 도통 무슨 말인지 알아들을 수가 없었다. 그래서 그는 물었다.

"네가 뭘 어떻게 해서 그래, 응-."

잠시 침묵이 흘렀고 침목에 깔린 돌이 밟히는 소리가 뱀처럼 스르륵 눈 앞에 미끄러지며 어둠 속으로 빠져나갔다.

"그 이유는 네가 변했기 때문이야, 전에는 그렇지 않았거든."

"……"

"넌 외숙모가 죽은 뒤로 변했어, 예전처럼 배불뚝이 독사에게 끌려가 죽도록 맞고 몸에 피멍이 들어 아파하던 내게 너는 신날하게 그 놈을 욕하고 나를 위로 해 줬어. 또 너는 점심을 먹지 않고 굶었어, 우린 이유를 물었지만 넌 들은 방구도 끼지 않았지. 네게 비밀이 생겼다는 거지, 우리에겐 비밀이 없는데 말야. 또 네 앞에서 자위행위를 할 때 난 모든 걸 보여 줬지만 넌 나를 부끄러워했어. 또 딱정벌레 교주의 행태에 네가 나보다 더 힐난하게 욕지기를 하던 네가 어느 순간부터 침묵을 했어. 난 네가 그렇게 이상하게 변한것이 싫었던 거야. 내가 벽에다 낙서를 해도 너는 이용광의 펜팔에만 관심을 두었지."

　이용광은 아무런 말없이 철로를 걸었다. 멀리 스멀스

멀 반딧불이 같은 소도시의 불빛이 보인다. 동욱은 곰곰이 생각에 사로잡혀 있어 아무런 대꾸를 하지 않고 걸었다. 그는 마음속으로 조용준에게 하고 싶은 말을 삭히고 있었다.

'내가 변했다고…굳이 변했다면 입과 혀, 그리고 두 눈뿐이야. 일상에 느꼈던 맛을 잃고 일상의 사물과 존재들이 다르게 보일 뿐이지. 그게 뭐 어쨌다는 거지. 그게 변한 거야.'

동욱은 꾹 참고 있던 말을 말하려고 했지만 이내 말을 끊는 조용준이다.

"난 그게 역겹고 구토가 날 지경이라구."

그의 말에 동욱은 뱃속의 창자가 뒤틀리기 시작했다. '구토'라구. 그 말을 듣자마자 잠잠했던 머릿속의 어지럼과 매스꺼움을 느꼈다. '네가 말하는 구토가 그거야, 헌데 내가 느끼는 그것과는 사뭇 달라. 왜, 다르지.' 그는 생각했다.

붉게 물들어가는 사철나무와 단풍나무, 싸늘해지는 밤바람, 저녁 여덟시만 되면 빈 깡통처럼 텅 비어 가는 도시, 유령조차 없다. 눈빛들만 어둠 속에 떠 있을 뿐, 간혹 도둑고양이가 쓰레기를 뒤지는 바스락 거리는 곳에 시선이 쏠리기도 한다. 동욱은 소도시의 밤거리를 걸었다. 늙수그레한 노인이 리어카에 파지 한 짐을 싣고 힘겹게 리어카를 이끌고 간다. 그것뿐이다, 여름 밤에는.

멀찌감치 실루엣의 늙수그레한 노인 두 명이 연인인 듯 팔짱을 끼고 어디론가 향하고 있다. 어디서 낯익은 목소리가 밀가루 반죽해 놓은 듯이 빈 깡통 소도시의 밤거리를 떠들썩하게 했다. 술에 취한 것이라고 동욱은 생각했다. 그러나 고음과 저음 이 모두 귀에 익은 목소리다. 갑자기 배가 거북하고 목까지 느끼한 이물질이 차올라 그는 잽싸게 전신주로 뛰어 토악질을 해대기 시작했다. 영혼이 빠져나갈 듯이 머리를 흔들고 배를 누르며 가슴을 조이는 '구토'가 다시 시작되었다. 고양이가 쓰레기 더미를 뒤져 악취를 풍기는 썩은 음식을 먹어치우는 모습을 보았을 때도 무덤덤하던 그였다. 그런데 구토가 날벼락처럼 갑자기 찾아오는 이유를 몰랐다. 희미하게 낱장으로 스쳐지나가는 장면들 그것뿐이다. 외숙모 장지에서 외삼촌이 겨드랑이에 꼭 끼고 한순간도 겨드랑이에서 빼지 않던 가방, 그 돈 가방을 유난히 훔쳐보던 어머니, 그리고 여관이나 민박집을 전전하며 청소 일을 하는 어머니에게 많은 돈이 생긴다는 것, 조용준의 자위하는 모습, 이용광의 펜팔 등등.

정신을 차리고 보니 게워낸 음식물을 길고양이가 조심스럽게 슬그머니 전신주로 모여들어 먹어치우고 있다. 그리고 머릿속에 이명처럼 들리는 어머니 목소리와 장상아의 목소리, 밀가루 반죽처럼 섞여 접착력으로 기억에 달라붙고 있다.

제6장
그림자의 비밀

제6장 그림자의 비밀

 염소 분비물 같이 지하도 입구에서 부터 쏟아져 나왔다. 종각역을 빠져나오자 몇 년 전의 변함없는 모습처럼 인사동 거리는 큐브나 미로 같았고 끈적끈적한 접착력이 없는 분비물 같은 사람들, 아랍과 유럽, 아시아 인종들이 스파게티처럼 뒤섞인 거리, 버려진 휴지와 담배꽁초, 낯선 시선과 낯선 얼굴들로 혼란스럽고 어지러웠다.
 동욱은 혼란스럽고 복잡해진 머릿속에서 명확하지 않은 그 무엇에 대한 해답을 찾고 있었다. 자신의 심장이 밀폐용기에 담겨 있는 것처럼 숨이 막혀왔고 현기증 증세까지 나타났다. 복잡한 미로 속에 그는 방향감각을 잃은 채 당혹스러워했고 연체동물처럼 그 자리에 쓰러질 정도로 복잡한 도시 속에서 무력감을 느꼈다.

"조계종 맞은 편 중앙감리교회가 있어, 아―그곳은 인사동 홍보관이야…그 아래 목각화랑 쪽으로 오면 돼. 그 앞에 나가 서 있을 게. 김군."

동욱은 핸드폰을 끊고 나서 바지 주머니의 담배 갑을 꺼내들었다. 귓속에서 삐―소리가 들렸다. 환청도 들린다. 그는 귓속을 후벼 파며 자신의 머리를 몇 번이고 툭툭 내리쳤다. 고개를 절래절래 흔들고 나서 담배 한 개비를 물어 피웠다. 십 여분을 헤맨 끝에 목각화랑의 낡고 고풍스런 간판이 눈에 띠었다. 조금 가파른 내리막길에 서성거리며 주변을 두리번거리는 최교수의 모습이 보였다. 외투를 걸치고 있지 않은 모습에 점심 식사 도중 잠시 시간을 쪼개어 나온 모습이다. 그는 잠시 발걸음을 멈추고 반쯤 타버린 담배를 필터까지 태우고 최교수 앞으로 모습을 보였다. 최교수는 안경알을 닦아내며 콧잔등에 살포시 얹었다.

"사립박물관 관장의 모임이 있어. 아직 점심이 끝나지 않았네, 김군. 인근 식당에 점심을 먹고 있으라고, 회의가 끝나는 대로 그 곳으로 감세."

최교수는 그의 길잡이처럼 앞장 서 걸었고 작은 식당의 간판을 가리키더니 휙 팽이처럼 몸을 돌려 발길을 재촉하며 모임 장소로 사라졌다. 그는 식당 앞에 서성거리며 담배 한 개비를 피워댔다. 식당 안은 염소 분비물로 가득 했다. 김치찌개를 주문 해놓고 그는 식당 밖으로 나와 담배 한 개비를 더 피웠다. 식당 안 식탁에 반찬이 꾸려지기 전 최교수는 검은 외투를 걸쳐 입고 한 쪽 손에는 검정색 가방을 들고 식당안으로 들어섰다. 안경알에 희뿌연 성에가 끼었다. 코앞에 앉아 있었는데도 많은 염소 분비물의 검정색 틈에 끼어 있어서 그런지 그를 찾기 위해 갈고리 같은 눈빛으로 주변을 살피었다. 동욱은 손을 번쩍 들어 올려 최교수의 시선을 잡아끌었다.

최교수는 외투를 벗어 의자 등받이에 걸어놓았다. 검정 가방은 자신의 무릎 위에 올려놓고 주변의 낯선 손길로부터 차단하고 있다. 최교수는 성에가 낀 안경알을 헝겊으로 닦아내며 주변을 의식하면서 자본사회가 만들어가는 양극화의 심화에 대해 주저 없이 말을 꺼냈다. 미래의 한국 젊은이들은 자본주의 노예로 살 수 밖에 없을 거야. 그렇게 사회가 변하고 있거든. 부자는 종속적으로 영원한 부자로 살고, 가난한 자는 그 가난에서 벗어 날수 없는 영원한 세습, 그 자본주의의 음모가 자본주의 사회에 만연하다고 말했다. 자본주의의 심각성은 상상을 초월할 정도로 무서운 공룡사회로 돌변하고 있었다. 주변의 왁자지껄한 소란 속에서도 최교수와 동욱은 엄숙하게 이야기를 나누었고 그 엄숙함 속에서 점심 식사를 할 수 밖에 없었다.

식사가 끝난 후 그는 음악의 선율이 잔잔히 흐르는 따듯한 커피숍을 가자고 제안했지만 그 말을 무시한 채 최교수는 외투의 옷깃을 추켜세우며 빠른 걸음걸이로 인사동 번화가로 재빠르게 향했다. 그는 길잡이처럼 앞서가는 최교수의 뒤를 그림자처럼 뒤따랐다. 자기 자신을 어디로 데려가려는지 이유를 몰랐던 그는 모터처럼 빠른 걸음걸이의 최교수 뒤를 되밟으며 걷기에 바빴다.

그는 현기증을 일으킨 인사동 번화가 거리를 맞닥트리는 순간 자신의 몸은 심장을 가둬둔 밀폐용기처럼 느껴졌다. 다양한 인종들로 뒤섞여 있고 골동품의 섞은 향기가 코끝을 더럽히고 있다. 저게 문화일까, 라고 그는 자문해 본다. 치장한 문화가 정말 아름다운 것일까. 아니 골동품 가게에는 모조품들도 꽤 있을 거야.

그는 어지럼증을 느끼며 인사동 중앙로를 지나오는 동안 화려하게 치장하고 장식된 상품들, 인산인해의 거리, 그 때문에 눈이 아파왔다. 골목길로 접어들자 음식점이 나왔고 홍일점 같은 화려한 거리가 사라지자 어지럼증도 잦아들었다.

지하도를 따라 꽤 큰 서점으로 들어섰다. 최교수는 마치 전당포에 맡겨 놓은 물건을 찾아 가듯 망설임 없이 책으로 빼빽한 넓은 서점의 통로를 가로질러 인문학 총서가 꽂힌 진열장으로 활처럼 꽂히듯 향했다. 너무나도 자연스러운 발걸음에 동욱은 놀랐다. 최교수의 자연스럽고 가벼운 발걸음과 펄럭이던 외투가 멈춘 곳은 E-16의 코너 진열장이었다. 잠시의 망설임도 없이 책 두 권을 집어 꺼내들었다. 책을 펼쳐 보이며 흡족해 하는 표정을 지었다. 그는 얼굴이 붉으락푸르락 상기된 채 최교수의 행동과 생각을 간파하려고 하였지만 그 표정의 의미를 이해 할 수 없었다. 최교수는 간도(間島) 이야기를 꺼내며 중국해양연구소가 펴낸 총서 두 권을 그에게 건넸다. 어지럼증이 서점에 들어서는 순간 말끔히 치유된 기분이었다. 그도 모르게 모든 책을 머릿속의 서재에 꽂아둔 것처럼 지식이 풍족해졌고 며칠을 굶어도 배부를 것만 같은 포만감을 느꼈다. 그 상쾌한 기분도 잠시 주변을 살피던 최교수는 조심스럽게 검정색 가방에서 작은 상자를 하나 꺼내 그에게 건네주었다. 무슨 까닭에 그 물건을 주었는지 몰랐지만 무심코 건네주는 물건을 받아들어 자신의 가방에 넣었다.

"달포 뒤에나 풀어 보게, 김군."

최교수는 나지막하게 말했다. 최교수의 이상스러운 행동에 동욱은 어떠한 이상 징후나 느낌을 감지할 수 있었다. 최교수의 의뭉스러운 행동에 당혹해 한 그였지만 그는 침착하게 대처하고 있다. 책을 사들고 나서 최교수는 인사동 대로변으로 나와 택시를 잡아 서대문으로 향하자고 말했다. 정확한 목적지를 말하지 않는 최교수였다. 최교수의 말대로 그는 택시를 잡아 서대문으로 향했다. 차 안에서 그는 최교수의 성급한 행동과 자신에게 책을 선물하고 작은 상자를 준 이유를 의뭉스럽게 여기며 특별히 작은 상자에 대한 궁금증이 쌓여갔다. 소도시에 있는 동욱에게 최교수는 갑작스럽게 전화를 하였고 다급하게 서울 인사동에서 얼굴을 보자고 했다. 이런저런 정황을 살펴봐도 영문을 알 수 없었다. 책 때문이었을까, 아님 상자를 주려고 만나자고 한 것일까.

서대문 육교에 차를 멈춰달라는 최교수였다. 그러면서 말하기를,

"자네, 책을 잘 살펴보게. 그리고 내가 준 상자를 곧장 뜯어보지 말고 놓아두었다가 달포 뒤 어떤 소식이 전해지면 뜯어보게. 자세한 것은 묻지 말고 내 말대로 기다려보면 알거야, 김군."

동욱은 최교수의 말에 정중하게 고개를 숙이며 대답을 하였다.

"부탁함세, 그리고 다음에 연락하세, 김군."

"어디 가십니까, 선생님"

동욱은 다급하게 택시에서 내린 최교수 등을 바라보며 말했다.

"김편집국장 사무실에 들러 커피 한 잔 마시러 가네, 자네도 시간이 되면 같이 동행해도 되고."

최교수는 넌지시 같이 동행하자고 말을 건넸지만 함께 동행 할 의향은 없어 보였다. 단지 무엇에 쫓기듯이

서둘러 가려했고 그는 자신이 함께 할 수 없다는 것을 눈치 채고 사양했다. 최교수의 뒷모습을 지켜보고 있던 동욱도 두 정거장 되지 않는 곳에서 택시를 세우고 내렸다. 몇 해만에 서울 대도시에 올라 온 것인가, 상경한 김에 지인을 만나 보고 소도시로 하경하기로 마음을 먹었다. 마포에 도착하자마자 그는 박교수의 집무실로 향했다. 집무실 근처에 도착하자 그는 잠시 머뭇거리며 대로변에 있는 작은 공원의 편의점에 들렀다. 막상 박교수를 만날 생각하니 낯설고 어색한 느낌이 들었다. 너무 오랫동안 찾아오지 않아서 일까. 전화 연락도 없이 뜬금없이 찾아가는 것이 이상하게 여겨졌다. 인스턴트커피를 들고 도심 속 작은 공원의 벤치에 앉아 최교수가 갑작스럽게 건네준 작은 상자를 만지작거리며 커피를 한 모금씩 마셨다. 담배를 피워 물고 커피 한 모금을 마시며 시계의 시침을 훔쳤다. 점심시간이 얼마 지나지 않아 공원 안에서 시간을 좀 보내기로 생각한 그였다. 그때서야 잡탕 같은 대도시, 날 파리 같이 움직이는 도시의 혼란스러움에서 벗어나 여유를 가질 수 있었다. 현기증 증세도 머릿속에서 말끔히 청소한 듯 사라졌다.

박교수의 사무실은 신성빌딩 9층에 자리 잡고 있다. 몇 해 전에도 그랬고 지금도 그 비좁은 집무실에 여 경리사원을 두고 한국문화연구원 간판을 내걸어 놓고 있다. 몇 해 전에 동욱은 그 비좁은 집무실에서 대학원 수업을 들었다. 그때만 해도 마포라는 곳은 지옥처럼 여겨질 정도로 오고 싶지 않은 곳이었으나 졸업하고 난 뒤에 향수랄까, 블렉홀 같은 마력의 힘에 이끌려 마포에 왔고 그때처럼 작은 공원에 앉아 커피를 마시고 있다.

첫 개강 때의 일이었다. 전화기로 수업준비와 장소를 물어 본 터라 박교수의 투박한 반말 어투가 이명처럼 들리며 귀에 못처럼 박혀왔다. 동욱뿐만 아니라 그의 대학원석사과정 동기에게도 박교수의 투박한 반말 어투는 귀에 거슬렸다. 첫 대면을 위해 그의 집무실 앞에 멈춰선 그는 설레이며 긴장된 마음으로 조심스럽게 노크를 하였다. 그리고 집무실에 들어섰을 무렵 여 경리원이 반갑게 맞아주었다. 스물다섯의 젊은 여성이었으며 카키색 투피스에 재스민 향이 코를 자극했다. 그녀의 얼굴은 계란처럼 타원형으로 턱은 갸름하였으며 갈색으로 염색한 머리카락이 어깨에 닿을 듯 말 듯 하였다.
"어떻게 오셨어요."
"아, 대학원 학생입니다. 수업을 이곳에서 하신다기에…."
여 경리는 알았다는 듯 고개를 돌려 헛기침을 해댔다. 그 이유는 얼마 지나지 않아 알 수 있었다. 첫 수업이 있는 날인데 박교수는 미처 자신의 업무 때문인지, 혹은 게으르거나 방관자에 불과한지 좁디좁은 작은 사무실 책상 아래 접이식 간이침대를 펼쳐놓고 낮잠을 자고 있었다. 모스부호 같은 헛기침 소리에 잠에서 깬 박교수는 헐레벌떡 간이침대에서 일어났다. 간이침대를 반으로 접고 싸리 빗자루 같이 헝클어진 머리카락을 정돈하며 옷매무새를 고쳐입었다. 마치 도둑질하다 걸린 사람처럼 당황스런 모습에다 뒷정리를 하느라 부산스럽게 움직였다. '빌어먹을 녀석, 저 건방지고 거만한 태도는 뭐지.'라고 머릿속에 되뇌었다. 그러면서 그의 불성실한 태도와 권위적인 태도의 첫 수업의 모습은 정수리에 사슴뿔같은 송곳이 솟아나올 것처럼 화가 치밀어 올랐다. '저 녀석의 수업을 들어야 하는가, 아니 저 녀석이 숨기고 있는 재능과 능력, 아이디어를 훔쳐볼까. 아니 잘못하면 내 능력과 빛나는 생각들을 녀석에게 빼앗길지도 모르지. 학생들을 가리키며 그 학생들이 갖고 있는 독특한 아이템과 기발한 생각들을 진공청소기처럼 빨아들여 자신의 것처럼 재활용하여 배를 채우는.' 온갖 잡다한 생각들로 머릿속을 장식하는 동안 시간은 끝없는 사막으로 내달리고 있었다. 긴장하고 있는 상태라서 몸은 뻣뻣하게 굳어 있었다. 인스턴트 카페라테의 감미로운 맛을 혀끝으로 느끼지 못한 채 모래를 씹는 것처럼 거칠고 텁텁한 여운이 오랫동안 머릿속을 떠나지 않았다.

잠시 고요하고 평화로운 듯했다. 그 침묵은 박교수와 동욱의 어색한 첫 만남과 농담조차 주고받을 수 없는 껄끄러움이 가름막처럼 둘 사이에 놓여 있다.

　유리조각처럼 고요하고 평화로워 보이는 침묵이 노크 소리에 와르르 무너지고 있는 것처럼 느껴졌다. 동욱의 경직된 몸에 따뜻한 전류가 흘렀다. 여자의 상냥한 목소리가 비스듬히 열린 문으로 나긋하게 들려왔기 때문이다. 컴퓨터 앞에서 문서를 작성하고 있던 경리는 손님을 맞이하며 상냥한 웃음소리를 내었다. 사과박스 같은 좁은 집무실로 들어선 여자는 대학교대학원 동기생이었다.

　"어서 와."

　박교수는 컴퓨터모니터에서 눈을 떼지 않고 톱니날처럼 뾰루퉁한 목소리로 말했다.

　'제기랄, 의자도 준비 돼 있지 않고 수업을 하려는 거야.' 동욱은 속엣 말로 말했다. 그러나 불쾌하고 당혹스런 표정을 얼굴에 감출 수가 없었다. 자신의 감정을 들키지 않기 위해 책장에 꽂아둔 책의 제목을 읽거나 형광등 불빛에 시선을 두었다가 다시 무릎 아래로 시선을 두었다. 동공이 많이 흔들리고 있었다.

　'도대체 넌 뭐지, 문화연구'라는 과목으로 우리에게 무엇을 가리키려고 하는 거지. '머릿속에서 잡풀로 샘 솟는 잡다한 생각들을 뽑아 버리기가 버거운 동욱이었다. 접이식 의자 하나를 들고 온 동기생이었다. 침묵은 잠시 이어졌고 공기는 차디차게 무거웠다. 가시방석에 앉아 있는 기분이었다. 인터넷을 통해 박교수의 뒷조사를 해 온 동욱이었다. 전 신문사 기자였다는 것과 책 몇 권을 냈다는 정보가 전부다. '그딴 것을 알아서 무엇 하지. 그래봤자 네 놈과의 관계는 소모품에 지나지 않지.'

박교수는 입에 모터를 달아 놓은 듯 자기자랑을 늘어놓았다. 학부 때 치열하게 공부했던 젊은 시절과 돈 많은 기업에 나가 사장과 임원 앞에서 강의하고 그 대가로 강사료를 이백만 원씩 받는 다는 것을 그만의 독특한 어투로 자랑했다. 그러면서 독서지도학과 학생들에 대해 무식하다며 신날하게 비판을 하였다. 무엇 때문에 그런 시잘 데기 없는 말을 하는지 이유를 모른다. 단지 사과박스의 비좁은 집무실로 두 학생을 불러 앉혀놓고 무슨 짓을 하고 있는지, 동욱은 지루함을 견디기 힘들었다. '도대체 언제 수업 할 거지.' 검게 타고 있는 동욱의 속과 겉은 달랐다. 공손함과 고도의 집중력을 보이는 태도에서 흐트러지지 않기 위해 노력하는 동욱이었다. 박교수의 끝이 없을 것 같은 자랑이 끝나자 그는 개인 정보 수집을 하기 위해 동욱의 전공과 고향, 여성 편력에 대한 사소한 질문을 던지기 시작했다.

그 다음 주 수업 때부터 동욱은 작은 공원 앞에서 커피 한 잔을 마시며 박교수의 집무실로 향했다. 먼저 도착한 동욱은 동기생 강영실이 올 때까지 묵묵이 침묵으로 일관하고 있었다. 박교수는 컴퓨터 모니터에서 스티커처럼 착 달라붙어 눈을 떼지 않았다. 강영실이 집무실로 들어서는 순간, 종잇장처럼 일그러진 얼굴로 실핏줄이 터질 듯 팽창되어 있다. 삼십 여분 뒤늦게 박교수의 집무실로 도착한 강영실은 미안한 기색 없이 고개를 약간 숙인 채로 접이식 의자에 앉자마자 한 숨을 내쉬었다. 박교수는 강영실이 집무실에 들어서자마자 중국 변검처럼 불쾌한 얼굴로 변했다. 검푸른 얼굴빛과 칼집에서 막 꺼낸 칼날의 눈매로 삽시간에 바뀐 것이다. 그러더니 컴퓨터 모니터에 고무찰흙처럼 시선이 뭉개지며 굳어갔다.

박교수의 반말 어투가 거슬리는 것은 동욱에게도 마찬가지였다. 그러나 강영실에게는 박교수의 반말이 화살촉처럼 자신의 가슴에 직선적으로 박혀왔고 그동안에 쌓여 있던 불만이 폭탄처럼 터질 듯 상기된 표정이었다.

문화경영연구라는 다소 생소한 장르의 과목이었지만 박교수의 말대로 자신이 그 연구를 십여 년 동안 파고들었다는 것에 동욱은 놀라지 않을 수 없었다. 그러나 너무나도 생소하기 때문에 그 성과에 대해 궁금하던 차에 멈칫거림 없이 질문을 던졌다.

"말 그대로 문화를 경영하는 거야. 문화를 경영하기 위해서는 어떻게 문화를 운영할 것인가를 알아야 되고 당신들이 주체가 되는 거지."

박교수의 대답은 의외로 간단해 동욱은 그 대답을 듣고 허탈했다. '도대체 뭐지, 그따위 것을 우리에게 가리키려고 했던 거야. 아니, 아니지. 학점은 따야지. 동욱은 생각했다. 동욱의 생각과는 달리 강영실은 팽창한 풍선처럼 터질 듯 얼굴이 붉게 달아올라 있었고 박교수는 아랑곳하지 않고 컴퓨터 모니터에 시선을 다시 고정시켰다. '지도교수나 대우교수도 아닌 강사 주제에, 자신의 집무실 안이라고 책상에 앉아 있는 자세는 호랑이가 담배 피는 빈정거리는 모습이라니. 아무리 학생을 깜냥으로 취급해도 그렇지 정도가 지나치는군.' 동욱은 가시방석에 앉아 있는 기분으로 몸을 뒤틀었다.

"교수님, 수강 첫날부터 반말하시는데 듣기가 좀 불편하네요."

강영실은 동욱을 눈치보다가 가슴 속에 담아두었던 말을 속사포로 내뱉었다. 그 한마디로 집무실에 남아있던 소량의 공기마저 증발해 버린 것처럼 동욱의 목을 조여왔다. 박교수는 남자의 성기를 세우 듯 날카로운 눈매에 날을 세운 채 컴퓨터 모니터에서 강영실에게 시선을 옮겼다. 그러더니 깡통 속에 돌을 넣어 흔들 듯이 가칠하고 투박한 목소리가 욕과 함께 쏟아져 나왔다. 마치 준비되어 있는 것처럼 그들 사이에는 묘한 과거가 숨어 있는 것 같이 묘한 냄새가 풍겼다. 그렇지 않고 첫 수업에 묘한 긴장감이 오고갈 수는 없는 것이다.

"이 녀석들 봐라, 교수가 학생들한테 반말하는 것은 당연한 것이 아냐. 뭐가 문제야, 난 십 오년 동안 학생들한테 이렇게 반말했어. 어쩔 건데. 수강 취소하라구."
삿대질과 고성이 오가더니 흥분을 시이소 타듯이 오르락 내리락 거리며 여기저기로 힐끗 시선을 두었다. 그러면서 수업계획서를 비좁은 집무실 바닥에 내동댕이쳤다.

"꺼지라구, 수업못해. 더러우면 수강취소 해. 너 따위 것들 가리키고 싶지 않아."

박교수의 시선은 다시 컴퓨터 모니터에 볼트처럼 고정되었다. 컴퓨터 모니터를 눈빛으로 조이고 있는 것처럼.

'꺼져'라는 단호한 어조였다. 마치 집무실 안의 경리를 의식하여 박교수의 목소리 톤은 커져갔다.

동욱은 자신도 모르게 강영실의 조력자가 된 불쾌한 기분이었고 이 위기의 상황을 극복할만한 뾰족한 묘수가 떠오르지 않았다. 단지 단막극 같은 이상한 연출에 당혹스럽기만 했다. '이 위기를 어떻게 모면해야지, 이 여자는 도대체 뭐지. 왜, 극단적으로 이런 일을 벌인거야. 젠장.' 동욱의 머리는 얼킨 실타래처럼 복잡해졌다. 동욱은 비굴하게 굴어서라도 박교수의 흥분이 가라앉으면 이야기 해 볼 계획이었다. 그러나 그가 바라던 대로 상황은 돌아가지 않았다. 강영실은 숙였던 고개를 들더니 스트로처럼 뻣뻣하게 자리에서 일어섰다. 짐을 챙겨들더니 집무실을 빠져 나갔다. 사실 동욱은 박교수의 욕지거리나 투박한 반말 어투로 자신을 멸시한다고 씨부렁거려도 귀에 들려오지 않았다. 박교수에 대해 눈곱만큼의 관심도, 그가 뭐라 해도 관심조차 없었다. 마리오네트처럼 그가 지시하는 대로 하면 그만이라고 생각한 그였다. 그 이유는 삼 학점만 따면 되는 것이다. 그리고 '안녕' 하면 끝인 것이다.

"저와 상관 없는 일인데……."

그렇게 말해놓고 보니 자기 자신이 난장이가 된 것 같았다. 그러나 그는 덧붙여,

"저는 이 수업을 계속 들을 겁니다. 다음 수업에 자료를 정리하고 오늘은 그냥 가도록 하겠습니다."

그렇게 툭 말을 내뱉어놓고 동욱은 사과상자 같은 박교수의 집무실을 빠져나왔다. 그 집무실을 빠져나오는 순간 고삐 풀린 망아지, 혹은 물고기가 물을 만난 듯 자유롭게 숨 쉴 수가 없었다.

강영실은 휴게실에서 전화를 하며 누군가와 심각하게 통화를 하고 있었다. 비겁한 난장이가 된 동욱은 저주받은 빌딩에서 일초의 머뭇거림 없이 벗어나고 싶은 마음이 앞섰다. 거리로 나왔을 때 신성빌딩은 감옥같았고 동욱은 탈옥수 같은 묘한 감정으로 강영실의 팔을 잡아 이끌었다. 작은 공원에 앉아 강영실의 흥분을 가라 앉히기 위해 그는 근처의 편의점에서 카페라떼를 사와 건네주었다. 대화가 필요하긴 하였지만 긴 대화보다는 그녀를 위로해주는 것이 이 상황과 분위기에 적합하다고 생각했다. 이 위기를 벗어 날 수 있는 최선의 방법은 그녀의 말

을 들어주는 것 뿐이었다. 카페라떼 한 모금을 마시며 그녀의 입에서는 박교수에 대한 쓰레기 같은 욕설이 퍼부었다. 마치 마녀의 저주처럼 주문을 외듯 멈출 기미가 보이지 않았다.

"난 박교수가 쓴 논문과 책을 서점에서 구입하여 다 읽었다구. 읽고보니 득이 될 내용은 하나도 없고 그 내용이 다 그 내용이더만. 짜깁기 한거더라구, 박사도 수료만 해놓고 최근에 받았어. 논문도 많이 발표해 놓은 것도 없구 지가 잘났으면 얼마나 잘났기에……."

강영실은 흥분을 가라앉히기 보다는, 박교수에 대해 뒷조사를 얼마나 했는지 그에 대한 지리멸렬한 정보가 그녀를 통해 튀어나올수록 얼굴은 홍시처럼 붉어졌다.

"신문기자 출신이라더니 어디 삥땅만 뜯고, 밥값 받아 기사 써주는 삼류 출신 주제에.……제우 15년 동안 강사 짓만 한 주제에, 그 나이에 나 같으면 학장이라도 되었겠다. 강사자리 얻으려고 그림 하나 비싸게 사주고 빈데처럼 빌붙어 사는 꼬락서니 하고는."

박교수의 집무실 입구 쪽 벽면에는 꽃이 그려진 한국화 액자 하나가 걸려 있었다. 동욱은 무심코 지나쳐버렸기 때문에 그림을 자세히 살펴보지 못했다. 그러나 그녀는 그 그림의 출처를 정확히 알고 있었다. 그러나 동욱에게 자세한 출처는 말하지 않았다. 그러나 직감적으로 어느 교수에게 산 것이라는 정도로 직감하고 있었다.

어찌됐건 강영실의 갑작스럽고 돌발적인 행동에 의뭉스런 점을 발견한 동욱이었다. 그러나 정확히 핀셋으로 머리카락의 새치를 꼭 집어낼 수 없는, 묘한 기분에 사로잡힌 채로 의뭉스러웠다. 강영실은 냇가의 물처럼 박교수에 대한 불신과 불평을 한 시간이 흘렀음에도 멈추지 않고 욕지거리를 섞어가며 말했다. 그러더니 대상이 바뀌어 집무실 경리에게로 화살이 향했다. 단순히 자신의 업무를 도와주는 경리에 불과한지, 섹스파트너인지, 얼굴이 못생겼다는 등 비아냥거리기도 했다.

"수업하는데 경리가 집무실에 왜 앉아 있는 거야. 수업 얘기도 다듣고 말야. 난 그것이 불쾌해."

그녀의 말이 딱히 모순되거나 틀린 말은 아니었다. 그렇다고 맞는 말이라고 해도 상황이 우스꽝스럽게 된 상태에서 맞장구를 칠 수 없는 진퇴양란의 곤란한 입장에 처한 동욱이다. 그렇다고 동욱은 이 모든 상황이 자기 자신에게 불이익이 되거나 위급한 상황도 아니라는 것을 알고 있다. 단지 박교수와 강영실의 문제 일뿐이었다. 그러나 동욱은 침착하게 그녀의 수다스러운 말을 끊고 박교수에게 잘못을 빌라고 설득하였다. 난장이가 된 상황에서 왜 그런 말을 꺼냈는지 말을 내뱉고 나서야 자기 자신의 실어(失語)가 어처구니 없다는 것을 깨달았다. 강영실은 동욱에게 버럭 화부터 냈다. 그 때문에 난장이가 된 동욱은 더욱더 오그라들 수밖에 없었다. 강영실의 말은 시작점과도 멀어졌고 끝도 보이지 않는 사막 한가운데 동욱을 던져놓았다. 그녀의 욕지거리를 언제까지 들어야 할지, 시간이 길어질수록 머릿속은 사막화 되어갔고 긴 한숨과 하품, 정신적인 피로가 번갈아가며 몰려왔다. 팔목에 찬 시계를 훔쳐보다가 시선을 둘 수 있는 마땅한 곳을 찾기도 하다가, 고개를 끄덕이며 그녀의 조력자가 맞다는 것을 확인시켜 주고, 날파리처럼 얼굴에 달라붙는 그녀의 말을 급기야는 손짓을 하며 쫓아내기도 하는 동욱이었다.

몇 시간이 흘렀는지 시간 개념을 잃어버린 동욱이었다. 어수룩해지자 강영실은 마땅한 장소로 옮겨 더 많은 대화를 나누자며 동욱에게 제의했다. 어차피 동욱은 열차시간을 놓쳐 소도시로 하경하지 못한다는 것을 알고 있다. 여관에서 하룻밤을 보내고 첫차로 소도시로 하경하면 된다고 마음을 바꿔먹은 동욱이다.

그날 밤 동욱은 기억조차 할 수 없을 만큼 술에 취해 여관 방 안에 옷을 벗은 채로 쓰러져 있었다. 놀라운 것은 그 옆에 나체로 강영실이 누워 있는 것이다. 머리를 긁적이며 지난 밤 무슨 짓을 했는지 떠올리려 애썼지만 떠오르는 것은 호프집에 마주하고 있는 강영실의 미소 짓는 얼굴뿐이었다. '무슨 얘기 나누었지, 그리고 그런 다음에……강영실이 왜 여기에 있는 거지…….' 그는 양손으로 머리채를 쥐어 잡아 뜯었다. 잠시 머뭇거리다가 자신의 성기를 만지작거린 손을 코끝에 붙였다. 우유 섞은 냄새가 났다. 그리고 미끈거리는 점액이 조금 남아 있고 끈적끈적한 접착력이 남아 있었다. 그날 밤 강영실은 호프집에서도 딱따구리처럼 자신의 부리로 박교수를 쪼아댔다는 것이 어렴풋이 떠올랐다.

강영실이 덮고 있던 이불을 뒤척이다 그 사이로 물풍선 같은 유두를 드러냈다. 그러면서 잠꼬대를 하며 구시렁구시렁 거렸다.

"제길, 몸두 주고 돈도 줬으면…통개처럼 말 잘 들어야 할 것 아냐…집무실에 곱상한…경리를 두고…집무실에서…그 짓거리를 해…강사 주제에…밥 빌어먹게 해줬으면…뒤통수를 쳐…나쁜놈."

며칠이 지났다. 동욱은 당분간 대학교대학원에 가지 않았고 머릿속에서 떠나지 않는 박교수와 구토를 유발하는 강영실의 목소리를 지우려고 애썼다. 동욱은 모든 것에 구토를 느끼고 있었다. 박교수의 날카로운 눈매와 목소리, 흰색셔츠와 남성다움을 나타내는 짝퉁 스와치 시계, 집무실에 꽂혀 있는 수많은 책들, 그의 혀와 강영실의 자궁, 물 풍선 같은 가슴, 엉덩이, 두툼한 입술과 쳐진 눈, 그 모든 것에 구토를 느끼며 음식물을 씹지 못했다.

졸업을 하고 다시 찾은 마포의 작은 공원 벤치에 앉아 카페라테를 먹는 동욱이었다. 그 다음날 아침 여관에서 주섬주섬 옷가지들을 챙겨 도망 나왔던 일을 생각하면 우습고 바보스럽기도 한 동욱이었다. 그날 강영실은 우스꽝스럽게도 집 앞 건널목을 건너가다가 트럭에 치어 죽었다. 그 때문에 박교수는 현재도 강사 자리를 유지하고 그 눈매와 반말 어투로 학생들을 가리키고 있다. 동욱은 카페라테를 다 마시고 나서 멀찌감치 보이는 신성빌딩을 콧방귀 끼며 한 참을 응시했다. 저 낡은 건물은 자신의 과거이며 그 과거에 살아 있는 기억이라고 생각하니 콧방귀가 자연스럽게 나왔다. 그는 가방을 챙겨들고 영등포역으로 향했다. 염소의 분비물처럼 쏟아져 나오는 지하철역 입구로 머리를 드밀었다. 소도시로 하경하는 열차 내내 동욱은 최교수가 건네준 책과 상자를 만지작거렸다. 마치 판도라의 상자처럼 최교수의 약속을 어기고 그 상자를 열면 지구가 멸망 할 것 같은 두려움이 생겼다. 그를 자극하는 호기심을 가슴 속에서 종잇장처럼 구겨 짓누르고 있었다. 그러나 한 편으로는 '별것이 들어 있겠어.' 하고 지금 당장이라도 상자를 뜯어 열어 보고 싶은 충동이 일기도 했다. 온갖 잡념들로 뒤죽박죽이 된 동욱은 시선을 창밖으로 돌렸다. 그러나 손은 판도라의 상자를 만지작거리며 손톱으로 상자의 구석을 긁기 시작했다. 조금씩 아주 조금씩. 분비물이 되어 간다는 것들을.

제7장
꿈

제7장 꿈

  실루엣의 형체가 그의 눈앞에 장승처럼 서있다. 실루엣은 감청빛의 어둠 속에 벽면의 얼룩자국 같아 보였다. 마네킹처럼 그는 어떠한 움직임도 없었다. 그는 드러누운 채 두려움을 소쿠리 감싸 듯 품으로 감싸며 가슴과 무릎을 밀착시켰다. 가시를 쭈뼛 세운 고슴도치마냥 소름이 발끝부터 정수리까지 찌릿하여 온 몸의 촉이 시신경으로 쏠려있었다. 바스락거리는 움직임도 없고 미세한 숨소리조차 들리지 않았다. 그러나 그의 눈에 비친 얼룩같은 실루엣의 형상은 한 인간의 평범한 외형보다는 괴물의 그림자처럼 굵은 팔뚝과 손에는 흉기가 쥐어져 있다. 언뜻 보아도 그 흉기는 자신의 몸을 두동강 낼 정도로 위압감을 느꼈다. 그 실루엣의 덩치는 자신의 두 배 반 정도 컸다. 그 힘으로 자신을 꽉 끌어 안으면 숨이 막혀 질식사 할 것 같았다.

  신기루 같은 현상처럼 두렵게 느낀 실루엣은 어데 간 데없이 사라지고 적막으로 가득한 장방형의 공간으로 바뀌었다. 귀뚜라미 우는 소리도 들리지 않고 조용했다. 묵묵한 침묵 속에서 그는 선과 선을 잇는 장방형의 꼭짓점들과 벽면을 살피었다. 옷자락처럼 스르르 그의 볼을 스치듯 어둠 속에서 작은 빛이 스며들어왔다. 작은 구멍에서 긴 막대기처럼 사선으로 뻗은 빛에 회색빛 벽면에 낙서 같은 글귀가 보였다. 그는 글자를 읽거나 쓰지 못했지만 조심스럽게 사선의 빛이 가리키는 곳으로 몸을 움직였다. 벽면에 쓰인 글귀를 그는 조심스럽게 손으로 더듬어갔다. 한쪽 벽면에 뚫린 작은 벽면의 구멍이 점점 커지기 시작하더니 그 빛은 부챗살처럼 넓게 펴져 그의 모습을 비추었다. 그는 순간적인 변화에 당혹스러웠는지 눈을 째푸린 채로 한쪽 팔을 들어 빛을 막았다. 잠시 뒤, 날카롭고 차갑게 느껴졌던 빛이 오리 깃털처럼 부드럽게 자신의 몸을 간지럽피며 더듬고 있었다. 그리고 낯설지 않은 여자의 웃음소리와 한 소년이 자신의 손에 쥐고 있던 사과를 내밀었다. 처음 두려움을 느낀 실루엣의 현상이 사라지고 난 다음 찾아온 이 현상은 두려움 보다는 익숙한 환경과 목소리, 그 때문에 당혹스러워했다. 파이프 진공관을 타고 울려오던 목소리가 가늘고 명확하게 들려왔다. 그 여자 목소리, 그는 감미롭게 들리는 여자의 얼굴을 보려고 애썼다. 조금 전만 하더라도 자신의 의지대로 움직이던 몸은 석고처럼 굳어버린 느낌이다. 그녀에게 다가가려고 할수록 그의 몸을 등 뒤에서 자력 같은 힘으로 끌어당기고 있어 앞으로 전진 할 수가 없었다. 그녀의 키는 작았다. 아니 소녀 같아 보였다. 알몸인 채로 서 있었지만 빛을 등지고 서 있는 그녀는 천사의 날개를 달고 있는 것 같았다. 그는 여자가 자신에게 건네준 사과를 손으로 꼭 쥐었다. 바닥에 짓뭉개듯 힘을 주었기 때문에 사과는 뭉개지고 있었다. 그 여자 옆에 낯익은 한 소년이 알몸으로 서 있다. 그의 얼굴도 강렬한 빛을 등지고 있어 얼굴을 알아보기가 힘들었다. 헝클어진 머리에 누런빛의 치아를 드러내고 자신을 내려다보며 웃고만 있었다. 조소는 아니었다. 마냥 해맑게 웃고만 있던 그 소년은 웃음을 멈추고 빛이 빨려 들어오는 구멍으로 비닐처럼 구겨지며 사라졌다. 손을 뻗은 여자의 검붉은 손이 닿을 듯 말 듯 하였다. 그러면서 그 여자도 그 소년과 같이 비닐처럼 가볍게 구겨지며 빛이 빨려들어 오는 구멍으로 사라졌다. 그러더니 갑자기 넓어진 구멍이 오그라들며 사라졌다. 정적이 파리처럼 그의 주변을 맴도는 동안 그는 자신에게 일어나는 현상에 대해 놀라고 의뭉스러워 하며 한동안 그 자리에 쓰러져 몸을 주체하지 못했다.

그 꿈이 오랫동안 지속 될 것이라고 그는 생각하지 않았다. 아니 현실과 꿈을 분간하지 못 할 정도로 그 꿈은 실감이 날 정도로 사실적이었다. 순간 바늘이 자신의 살을 파고드는 아픔이 느껴졌다. 그리고 자신을 항시 부르던 그 목소리가 들려왔다. 그리고 익숙한 그 목소리, 비록 예전같이 우렁차고 거친 목소리에서 텁텁한 쇳소리로 바뀌었지만.

"개늠의 자식, 해가 중천에 떴건만 아직도 똥개마냥 자빠져 자고 있어, 잉-."

창고 안으로 들어선 염전 주인 황달수이다. 그는 힘겹게 지팡이를 짚고 그의 허벅지를 발로 툭툭 쳐댔다. 가래가 끓는지 쇳소리의 기침을 토해내며 가슴의 통증을 움켜쥐었다. 어릴 때와 달리 그는 굼벵이처럼 느릿느릿 움직이며 잠에서 깼다.

"싸게 싸게 움직이랑께. 켁켁-."

"나 배고프다, 밥 안주면 일 안한다."

그는 허리가 굽은 채로 지팡이를 의지하고 서 있는 백발의 황달수를 째푸려 보았다. 귀찮아하며 손을 휘젓더니 다시 드러누웠다. 황달수는 지팡이를 들어 그의 머리를 툭툭 쳐댔다. 아마 그가 자리에서 일어 날 때까지 황달수는 그 짓을 멈추지 않을 것이다. 그도 그 사실을 알고 있었다. 그의 입에서 자연스럽게 '에잇' 하며 투정이

섞인 말이 튀어 나왔다.

"밥 줘, 밥 먹구 생각 혀 볼텨. 지랄."

"일어나야 개죽을 주던가 밥을 주던가 육시럴을 주던가 허지, 켁켁-"

 그는 어제 입고 있던 작업복 그대로 입고 잤다. 얼굴도 씻지 않아서 까무잡잡했고 검버섯이 얼굴 곳곳에 피어 그를 흉측한 괴물로 보이게 만들었다. 그렇잖아도 동네 마실이라도 가면 꼬마 아이들이 괴물이라고 손가락질을 해대며 놀렸다. 그래도 그는 아이들에게 삽자루나 곡괭이를 들어 위협을 가한 적은 없다. 아이들에게 누런 이를 드러내 보이며 바보같이 웃어 보이고 손을 흔들어 주었다. 그렇다고 그는 마흔-사실 그는 자신의 나이를 정확히 알고 있지 못했다.-살이 되었어도 이 섬을 좋아하지 않았다. 그가 소년이었을 때 여섯 번 탈출 시도를 한 적이 있었지만 매번 탈출에 실패하여 황달수에게 몰매를 맞거나 뱃머리에 거꾸로 여섯 시간 동안 매달리는 혹독한 고초의 시간을 보냈던 것이다. 작은 섬 어디로 가든 서른 가구의 마을 사람들은 감시원이었거나 방관자들이었다. 그렇게 흘려보낸 시간, 어느덧 그의 나이 마흔 살이 되어 버린 것이다. 황달수의 기력이 쇠약해지자 염전 일을 혼자 도맡아 하던 '늑대'였다. 황달수에 의해 오랫동안 불러지는 이름은 '늑대'였다. 그래서 이 작은 섬 마을사람들은 그를 보고 하나같이 '늑대'라고 불렀다.

 어느 순간부터 황달수의 쇠약해진 늙은 몸을 유심히 살펴보던 그였다. 자신의 멱을 잡고 빗자루 내던지 듯 땅바닥에 패대기 칠만큼 근력과 덩치, 그리고 힘이 넘쳐나던 황달수였지만 어느 순간부터 그는 자기 자신이 황달수보다 더 힘이 세지고 덩치가 커졌다는 것을 의식하기 시작했다. 그때부터 그는 거드름을 피우며 염전의 일을 소홀히 하였다. 급기야는 황달수는 염전의 일을 '늑대' 혼자 감당 할 수 없다는 것을 알고 이웃에게 염전을 팔아 넘겼다. 황달수에게는 몇 평 안 되는 작은 땅뙈기와 고물을 줍거나 품앗이 하는 '늑대'를 의지하고 있다. 그가 품앗이가고 받은 돈은 '늑대'의 손에 쥐어지지 않았다. 애초부터 늑대의 품앗이는 황달수와 이웃사람들과의 부당한 거래가 있었던 것이다.

 창고에서 재워주고 삼시세끼 먹여주는 것만으로도 고마운 줄 알라고 '늑대'에게 면박을 주던 황달수였다. 황달수 그도 힘과 덩치가 커진 '늑대'를 두려워하고 있었다. 점점 반항과 투정을 부리는 '늑대'의 기세를 꺾기 위해 매일 새벽 여섯시에 일어나 창고로 향했다. 창고에서 자고 있는 늑대를 깨우는 일은 그의 하루 일과 중 가장 중요한 일이 되었고 그의 기세를 꺾기 위해 발길질과 지팡이로 잠자는 그의 머리나 허벅지를 때리며 깨웠다. 그러나 시간이 흐를수록 '늑대'는 빈정거리는 횟

수가 잦아졌고 자신의 힘을 과시하기라도 하듯 '에잇' 하며 투덜거렸다. 황노인은 그것이 두려웠다. 어느 순간 그의 거친 저항이 자신에게 폭력으로 되돌아올지 모르는 일이었다. 눈치를 보며 '늑대'의 변화를 유심히 살피는 황달수였다.

"진장할—몸뚱이가 밥을 안 먹어서 꼼작두 못허겠응께, 밥을 달라고."

제법 말수가 늘은 늑대였다. 황달수는 늑대의 말수가 자연스럽게 늘어나고 자연스럽게 말을 하는 것부터가 그 어떠한 불길한 하나의 징조처럼 느껴졌다. 스무 살이 될 때까지 말을 못하고 벙어리처럼 괴성만 지르는 짐승 같던 늑대였기 때문이다. 논리정연하게 말은 하지 못해도 말귀를 알아듣고 대답을 할 수 있을 정도로 성장하였다는 것이다. 늑대에게는 큰 변화이었던 것이다. 황달수는 늑대의 덩치와 뿜어져 나오는 힘이 두려웠지만 그가 말을 이해하고 전달하고 듣는 것, 자기 자신을 표현하는 것이 가장 두려웠던 것이다. 황달수는 뒤늦은 후회를 하며 한탄해했다. 애초부터 외부와 접촉을 최대한 못하게 막았어야 했다는 것을.

황달수는 마루에 앉아 담배 한 대를 피워 물었다. 자신의 몸이 억새풀처럼 쇠약해졌다는 것을 그 자신도 느끼고 있었다. 담배 연기를 내뿜으며 푸념도 덩달아 섞여 나왔다. 마당 한 쪽에 쭈그리고 앉아 밥을 우걱우걱 먹고 있는 늑대를 한동안 물끄러미 내려다보았다. 늑대는 황달수의 따가운 시선을 느끼지 못하고 밥을 우걱우걱 먹기에 바빴다.

황달수의 시선은 애틋함이 아니었다. 덩치가 제법 사내다운 모습으로 변모하고 커졌기에 자신이 더 이상 그를 통제할 힘을 잃게 될까봐 두려웠다. 20여년 남짓 월급도 없이 끼니와 잠으로 그의 노동력을 착취한 그였지만 그 착취에 대해 눈곱만치의 양심과 가책이나 동정을 가져본 역사가 없다. 세월이 흘러 자신의 몸이 작아졌고 전에 느껴보지 못한 두려움을 황달수는 근래들어 자주 느끼고 있다. 황달수의 아내 또한 관절과 허리가 아파 병상으로 열흘 동안 방에 누워 있던 그는 자신이 불가항력적인 힘에 고립되어가는 공포의 꿈을 꾸고 차광막을 덮어 놓은 것처럼 암흑에 지배당하고 있다는 압박감을 느꼈다.

그러나 그는 '저 멍청하고 아둔한 자식을 사육해 온 지도 벌써 20여년이 넘건만, 뭐 아는 것이 있어 나한테 덤벼들겠어.' 하고 혼잣말로 중얼 거렸다. 그러나 그가 눈앞의 현실로 다가오는 두려움이란 것은, 늑대의 게으른 태도와 투덜거림, 힘자랑이었다. 또한 자신의 명령조의 말을 거역하는 일이 종종 벌어지고 있는 것이다. 마치 자신의 목을 조르는 위압감을 그는 느꼈던 것이다.

늑대가 마을 품앗이 나간 뒤로 황달수는 방안에 누워

있는 아내 옆으로 다가가 오랫동안 가슴에 담아두고 망설였던 말을 꺼내기로 결심한 듯 잠을 깨웠다.

"시방 삭신이 못 꼬쟁이루 꾹꾹 찌르 듯 쑤셔죽겠는듸 와 잠을 깨운대유."

황달수 아내는 찌뿌둥한 얼굴을 돌리며 짜증을 내며 귀찮아했다.

"고게 아니구, 말루 고민 많이 혀 봤는데……."

"내일 야그혀 보믄 안되겠소. 금덩어리를 눈앞에 갖다 준다구 혀두 내 눈엔 돌로 보일거요. 그러니 낼 야그협시다, 여보."

"이늠의 여편네가, 지금 하늘이 무너져 내릴 판인듸 한가혀게 몸 좀 아프다구 방구석에 쳐박혀 누워 있으믄 워칙허겠다는 겨."

큰소리로 버럭 화를 내는 황달수이다. 등 돌려 앉아 담배 한 개비를 물어 피우며 체념한 듯 콧방귀를 끼었다.

"뭣땜시 그랴유, 야-."

황달수 아내는 통증의 신음을 내지르며 허리를 세웠다. 어수선하게 엉클어진 곱슬 머리를 만지작거리며 가풀막같은 눈두덩이에 붙은 눈곱을 떼어내기 시작했다. 오후 3시쯤 되었는데도 방안은 어두웠다. 그날따라 하늘은 우중충하게 먹구름이 끼어 어두웠다. 밤 같은 낮으로 바뀐 것이다.

"거시기 뭐냐, 시방 쥐새끼가 쥐구멍으로 기어들어

가 듯 요로콤 아픈 사람 깨워 뭔 말을 하려하오."

"거-있쟈."

황달수는 망설였다. 그러더니 담배 한 모금을 깊게 빨아들이고 내뿜었다. 공기중으로 희뿌연 연기가 신기루처럼 굴절되어 흩어진다. 방안의 공기는 짐짓 쇳덩어리처럼 무거워졌다.

"염병할, 뼈마디가 쑤시구 아픈 사람 잠깨워 놓고 시방 우물쭈물 뭣한다요."

"다른게 아니구, 저 늑대 말여"

"늑대가 또 도망치기라두 혔슈, 아님 사고 치기라도 혔나유."

황달수의 아내는 말을 가로막으며 물었다. 그러자 황달수는 손을 내저으며 자신에게로 바틈 다가선 아내를 밀쳐내려고 하였다. 순간 비곗덩어리 같은 아내가 역겹게 느껴졌기 때문이다. 순식간에 뇌관을 터뜨린 것처럼 무의식인 행동에 미식거리는 구토를 느꼈다.

그러나 무감각한 황달식의 아내는 버럭 거부감의 거친 반응을 뿌리치며 재촉했다.

"시방, 사람 골병들어 죽는다지만, 당신 땜시 답답해 숨 막혀 죽을 거구만. 이래 죽나 저래 죽나 죽기는 매 한가지 인듸, 속 타 죽는 건……에구……."

황달수의 아내는 애초부터 말만 꺼내면 머뭇거리리며 뜸을 들이는 황달수의 태도를 좋아하지 않았다. 사람 약올리며 애간장 태우게 만들어 속이 터질 지경이었다.

"이봐, 다른 게 아니구…늑대늠 일 땜시 고민좀 혀서 그랴."

"아니, 그게 뭔듸유. 야-"

"몇날 며칠을 고민혀 봤는듸, 다른 장애아들처럼 죽여야 쓰겄어."

"죽이다니유, 그늠 아니믄 우리가 뭔 일을 허구 뭔 돈을 벌어유. 염전이야 저늠 혼자 감당 못헌께 팔았다손 치더라두, 소작떼기라두 저늠 부려서 밭 작물이라두 그나마 건지는 것 아뉴. 그리구 저늠 읍으믄 누가 헛간을 고치구 누가 밭일을 도맡아 허겄유. 저늠이 허드렛일 하던 것을 대신 쭈그렁탱이 당신이 다 감당 허겄유. 쳇."

황달수의 아내는 화를 버럭 냈다. 자신의 몸이 아픈지도 모르게 흥분에 도취된 상태이다. 거친 숨을 내몰아 쉬며 씩씩 거렸다.

"아니, 내 말을 들어 보랑께. 이자 임자나 나나 쭈그랭탱이 밤탱이가 되어 솥뚜껑 들 힘조차 읍다는 것을 나두 안당께. 거시기 직접적으루 말하자믄 늑대 녀석이 넘 강해져서…이쟈는 내 말이믄 땅바닥에 지렁이처럼 기던 늠이 이쟈는 머리 꼭대기 까졍 올라와서 씨부렁거린당께."

"그랴서-우리 팔다리를 잘라버려야 속 쉬원 허겄슈."

아내의 거센 반대의 반응에 당황한 황달수이었다. 십수 년 동안 명령조의 자신의 말에 어린 양처럼 고분고분 거역없이 따라주던 아내도 자신의 말에 반기를 들며 대드는 태도에 화가 치밀었다. 여러 명의 장애아들을 돈 주고 사들였고, 도망치다 잡히거나 혹독한 노동에 병든 장애아들을 수장시킨 장본인이 아니던가. 순간 뇌리를 스치는 문득 스쳐간 생각은 아내의 배신감이었다. 그는 아내에 대한 분노를 억누르며 참았다.

"밭떼기 처분하믄 곡기는 별 걱정 없이 먹고 살어. 그리고 중요헌 것은 늑대의 기가 점점 강해진다는 거지. 알겠는감. 내가 무슨 말허는지."

"어-휴, 걱정일랑 허덜 마슈. 짐승두 밥 주고 칭찬해 주믄 주인 앞에서 알랑방구치며 꼬리를 흔드는 것이 습성이니께. 그리구 그깟 늠이 아는 것이 뭐 있다구 두렵소."

자신의 말뜻을 전혀 알아듣지 못하는 아내의 심술기 가득하고 구역질이 날 것 같은 비곗덩어리의 볼 살을 보자 뇌관을 건드린 듯 화를 참을 수가 없었다.

"이 무식쟁이 여편네야. 내 말귀를 그렇게두 못 알아먹나. 예전의 늑대가 아니라구. 뭔 일을 시킬라구 허믄 되레 눈빛부터 호렝이 멘치루 매섭게 노려본다구."

"그러믄 당신이 잘하는 거 있잖우."

"나가 지금 옛날멘치루 체격이 좋아, 근력이 있어 먹

이라두 잡아 끌어 패대기 치랴. 되레 나를 내 팽개치믄 몰라두."

아내는 눈을 게슴츠레하게 하고 황달수와 눈을 맞추려고 고개를 돌렸다.

"그렇게두 저늠이 무섭단 말유. 그럽시다, 까짓것. 근듸 힘 좋고 덩치 큰 저 녀석을 무슨 수로 죽인 답니까."

"그야 다 수가 있지······."

"뭔 수요."

"내일 아침밥에 쥐약을 섞어 줘야 겠구만."

아내는 그 소리를 듣자마자 관심 밖이라는 듯 무덤덤한 표정으로 방바닥에 드러누웠다.

늑대는 저녁 무렵이 돼서야 품앗이 값을 받아들고 집으로 되돌아 올 수 있었다. 으슥한 밤의 찬 기운이 피부를 빗질하듯 쓸어내려 갔다. 오싹한 소름이 자신의 어깨를 움츠러들게 만들었다. 집안은 조용했다. 초저녁인데도 황달수의 방 안의 불은 꺼져 있다. 한 참 동안 마당에 서서 어두컴컴해진 방문을 지켜보고 서 있다가 그는 고개를 젖혀 밤하늘을 올려다보았다. 깨알 같은 별 빛들은 염전에서 걷어 낸 굵은 소금 알갱이처럼 하얗다. 한 번도 자신의 의지대로 생각하고 판단하고 느껴보지 못한 이상 야릇한 기운이 머릿속으로 파고들었다. 무엇이 슬프고 무엇이 가슴이 아픈지 모른다. 자신이 알고 있는 것은 밥과 일, 황달수의 명령조의 목소리이었다. 그러나 자신도 모르게 황달수의 많이 변화된 모습과 나약함을 본능적으로 인지하고 있다. 오랜 세월 동안 그 부부를 의지하며 살아왔던 것이 아닌가. 그리고 그가 알고 있는 그 이외의 세계에 대해서는 아무것도 모른다. 섹스조차 모르고 그들 부부가 성관계를 가질 때 들려오는 신음 소리 외에는 그 어떠한 것도 기억하거나 상상하고 있지 못했다. 그러나 자신의 머리가 무슨 마법에라도 걸린 듯 여러 장면이 떠오르는 것이 아닌가. 지난밤처럼 똑같은 꿈을 꾸며 들리는 낯선 목소리, 실루엣의 형체, 장방형의 공간 등. 그는 자신도 모르게 그 꿈이 두려웠다. 매일 밤 나타나는 두 형체와 그 목소리. 그리고 황달수를 한 번 밀친 적이 그의 머릿속에 떠오른다. 강하지도 않은 발길질에 자신도 모르게 손이 그의 가슴으로 뻗어나간 것이다. 그것뿐이었다. 그러나 황달수에게는 그가 느껴보지 못한 충격으로 다가 온 것이다. 그는 뒷걸음치며 중심을 잃고 쓰러진 것이다. 쓰러지자마자 일어설 줄 알았던 그가 한 동안 바닥에 누워 고통을 호소하고 있었다. 늑대는 자신의 눈으로 황달수의 쇠약해진 몸을 처음 보았고 그의 눈은 기억하고 있었던 것이다. 그때부터 그는 품앗이 갔을 때 점심으로 먹었던 수육을 기억하고 그날부터 황달수에게 '고기 밥'을 요구하며 외쳐댔다. 처음부터 고기를 밥에 얹어 준 것은 아니었지만 외고집의 성깔을 드러내는 늑대의 매일 같은 투정에 못 버텨 고기를 삶아 주기 시작했다. 늑대는 자신도 모르게 고기밥을 먹으면서 찌릿한 승리의 쾌감을 느꼈다. 승리감의 의미를 백퍼센트 이해하기 보다는 본능적으로 자신의 말이 이제 그를 이긴다고 느꼈기 때문이다. 그때부터 늑대는 한 가지씩 요구하기 시작했고, 시간이 좀 걸리기는 하였어도 황달수는 뒷걸음치듯 하나씩 들어 주었다. 늑대는 그때부터 자신도 모르게 변화되기 시작했다. 자기 자신이 그보다 강하다는 것을 점차 본능적으로 알게 된 것이다. 그러나 강하다고 그를 쉽게 제압 할 수는 없었다. 그냥 그보다 힘이 강해지고 덩치가 커졌다는 것 뿐. 오그라든 황달수를 어떻게 해 볼 생각과 방법은 터득하지 못했다. 그것이 늑대의 한계였다.

그러나 꿈을 꾸기 시작하면서부터 머릿속이 복잡해져 갔다. 그리고 자신이 쉽게 생각하고 판단하거나 결론을 내리지 못했던 그 수렁에서 빠져나와 그는 꿈에 대해 이유를 묻기 시작했고, 급기야는 그 부부에 대해 무엇인가 이유를 물어야 하겠다는 생각이 들었다.

창고에 들어서자 그는 나무 침대에 드러누웠다. 꿈을 꾸고 싶지 않았다. 아니 그 꿈을 다시 꾸게 될까봐 그는 두렵고 불안했다. 창고의 작은 창문으로 시선을 돌렸다. 사각형의 작은 공간에 소금 빛이 반짝거린다. 그 자신도 모르게 피곤이 밀려와 잠이 들었다.

　며칠 동안 반복하듯이 꾸었던 그 꿈을 그는 다시 똑같은 꿈을 꾸기 시작했다. 어두운 장방형에, 그 윤곽을 작은 창으로 스며드는 불빛으로 어렴풋이 그 크기를 지레짐작으로 짚을 수 있다. 창으로 강렬한 빛이 막대기처럼 뻗어 스며든다. 그의 눈은 밤하늘의 별처럼 장방형의 어둠 속에서 빛이 났다. 그는 전날 밤 보다 극심한 두려움과 공포를 느꼈다. 온 몸은 석고처럼 굳어 움직일 수가 없었다. 자신의 몸이 부스러질 것 같았다. 그리고 그는 눈을 감으려고 하였지만 눈가풀이 없는 붕어처럼 눈까풀이 사라져 두 눈을 감을 수가 없었다. 자신도 모르게 창으로 스며든 불빛을 응시하고 있다. 실루엣의 형체가 나타날 것이라는 짐작을 하고 있었기 때문에 언제 그 형체가 나타날지 응시하고 있을 뿐이었다. 그는 꿈이라는 것을 알고 있으면서 자신이 왜 똑같은 꿈을 반복해서 꿈을 꾸어야만 하는 것인가, 자문하며 그 꿈의 실체를 알고 싶은 호기심이 일었다. 공포와 두려움도 잠시 잊고 그는 실루엣의 형체를 오늘 밤 만큼은 그냥 보내지 않으리란 각오가 앞섰다. 시간이 조금 흐르자 막대기 같던 빛은 부챗살처럼 펴졌고 그 빛을 배경으로 그 둘이 나타났다. 자신에게 없을 것 같은 용기가 어디서 샘솟았는지 그는 손가락부터 발가락까지 움직이려고 애썼다. 자신의 의지대로 몸이 자유롭다면 그 둘에게 뛰어가 그 둘의 얼굴을 보거나 강해진 힘으로 밀치려고 작정하고 있었다. 그러나 몸의 마비가 좀처럼 풀리지 않았다. 그의 수고를 덜어준 것은 그 둘이 그에게 가까이 다가왔다. 그 둘은 짐승 울음소리를 내며 그의 머리를 쓰다듬어 주었다. 소년과 소녀였다. 알몸인 채로 얼굴에는 검버섯 같은 딱지가 덕지덕지 붙어 있다. 오랫동안 씻지 않은 얼굴에 머리카락은 헝클어져 있다. 두 눈빛은 빛이 났다. 어디서 본 듯한 얼굴이다. 기억을 더듬어 그 둘의 얼굴을 떠올리려고 하였지만 안개 속에 흐릿한 형체가 고체였다가 기체처럼 삽시간에 사라진다. 그 둘의 얼굴은 흉측하고 더럽고 딱지들이 붙어 있었고 자신을 보고 웃는 모습은 해맑았다. 자신을 반기며 전날 밤처럼 소녀가 사과 하나를 건네준다. 그리고 소년은 배춧잎사귀를 건네준다. 그가 마루침대에 누워 있으면서 그들이 건네는 사과와 배춧잎사귀를 받지 않자 자신들이 의심을 풀어주기 위한 행동으로 한 입씩 베어 물어 씹어 먹더니 해맑은 웃음을 보였다. 다시 건네는 사과와 배춧잎을 거리낌 없이 받아들어 한 입씩 베어 물었다. 그러자 그 둘은 박수를 치며 해맑은 웃음으로 기뻐했다. 그 둘의 주변은 눈이 부실정도로 희뿌옇다. 한참 웃던 그 둘의 눈에서 핏빛의 액체가 흐르기 시작한다.

 매일 수 없이 되풀이 되어 꾸는 꿈에 그는 억누를 수 없는 분노와 괴로움에 시달리고 있었다. 헝겊을 칼로 갈기갈기 찢어 내는 것처럼 자기 자신의 몸과 영혼을 찢어

버리고 싶은 자해의 충동까지 일었다.

그는 오전 내내 몸을 반태아 자세로 마루침상에 누워 있었다. 그의 거드름을 못마땅하게 지켜보고 있던 황달수는 구부정한 허리를 힘겹게 펴며 짧은 한 숨을 내쉬며 그에게로 다가갔다. 한 손에는 나무막대기가 쥐어져 있다. 평소 지팡이로 사용하던 느티나무이었다. 때론 훈육하기 위해 그 느티나무 막대기를 휘두르던 것이었는데, 기력이 쇠약해진 황달수는 거북이처럼 느릿느릿 그의 앞에 바툼 서 허리나 장단지, 성기를 툭 치거나 꾹 눌렀다. 느티나무로 내려치거나 때리던 전 날과는 다르게 강도가 약해진 황달수의 쇠약해진 모습을 그는 기억하고 변화된 모습을 알고 있었다. 자신 보다 약해졌다는 것을.

무엇보다도 그는 황달수의 윽박지르는 말투나 겁박을 하는 행동에 즉각적인 반응을 그 전에는 보이지 못했다. 그러나 예전의 상황과는 다르게 급반전되어, 쇠를 갈던 목소리는 녹이슨 장석같았고 동작은 나무늘보처럼 꿈뜬 그에게 동욱은 무섭게 달려들었으며 덤볐다.

"젠장, 난 아침 밥도 안 먹었다고."

그가 할 수 있는 유일한 저항적인 단어였다. 그때마다 황달수 자신도 그로부터 모를 위압감을 느꼈다. 짐승같던 녀석을 더 이상 자신의 힘으로 통제 할 수 없다는 불길한 느낌이 그의 뇌리를 떠나지 않았다.

"그건 네 놈이 게을러서 그랴, 식전부터 동네 한 바

퀴는 돌고 와야 혀지. 어느 부잣집 자슥마냥 반나절 마루 바닥에서 뒹굴고 그랴. 쳇."

　그 한 마디를 내뱉고는 사시나무 떨 듯 부르르 몸을 떨며 방 안으로 향했다. 황달수가 사라지고 난 뒤에도 그의 머릿속에는 꿈 속에서 보았던 실루엣의 형체를 떠올렸다. 자신의 기억속 어딘가 그들지 낯설지 않다는 느낌이 들었다. 명확하게 떠오르는 것은 아니었지만, 그 꿈을 꾸면서 자신의 기억에 영원히 묻혀버릴 자신의 과거가 불현듯 되살아나는 희열을 느끼고 있다. 아니, 희열이라기 보다는 새로운 감정과 느낌이었다. 불쑥 송곳이 자신의 머리와 가슴을 찌르는 것 같은 놀람 같은 것이었다.

　그는 부엌에서 양은 냄비에 찬밥과 김치, 고추장을 넣어 비벼먹고 리어카를 끌고 동네의 오솔길로 향했다. 악몽같이 되풀이 되는 꿈에 그 자신에게도 모를 예지의 능력이 생긴 것 같았다. 길을 걷는 내내 생전 처음 보는 것처럼 놀란 눈으로 주변을 살피었다. 모든 사물과 집과 풀과 공기와 하늘, 이웃사람들이 낯설고 새롭고 신기하고 다채롭게 느껴졌다. 뒤통수가 오싹할 정도로 찌릿한 전류가 한 차례 훑어갔다. 생전 처음 느껴보는 것이기도 했지만 '도대체 뭐지'라는, 생전 처음 그런 자기 자신의 문제에 대해 질문을 해본 것이 처음이었다. 걸음을 멈추고 그는 자신의 눈 앞에 두 손을 부챗살처럼 펼쳐 보였다. 평소 인지하지 못하던 자신의 몸에 대해 살펴보고 있는 것이다.

불현듯 고개를 자신의 몸이 깃발에 펄럭이는 비닐천처럼 세우고, 좌우로 흔들다가 하늘을 한참 동안이나 올려다 보았다. 자신의 의지와 무관하게 그는 자주 그런 행동을 즐겼고 이제는 일상처럼 되어버렸다. 경이로운 감정, 마치 자신의 머릿속과 가슴에 가득 찼던 무거운 쇳덩어리들이 연기처럼 사라졌다. 박하사탕처럼 입안과 폐 속이 향긋하고 흰색 천으로 뒤덮힌 느낌으로 형형할 수 없는 감정에 뒤덮여있다.

"젠장, 또 배고프다."

어떤 상황과도 어울리지 않는 말을 툭 내뱉고는, 꽃대가 꺾인 꽃처럼 머리를 푹 숙였다. 한숨도 내 쉬었다. 그러더니 해맑은 표정을 짓더니 리어카를 끌기 시작했다. 여러 곳의 집을 방문 하였지만 솥단지 뚜껑 하나 얻지 못했다.

그는 사타구니를 긁적이며 자신의 얼굴로 모여드는 날파리를 내쫓았다. 누군가 자신의 뒤를 밟고 있다는 오싹한 느낌이 들었다. 걸음을 멈춘 순간 갑작스럽게 그의 왼쪽 팔에 팔걸이를 하는 낯선 힘에 깜짝 놀란 그다. 맹덕어멈이라고 불리는 이웃 과부였다. 맹덕어멈은 그의 팔을 다급하게 끌어당기며 자신의 집으로 발걸음을 재촉하려고 하였다.

"문둥이, 밥은 먹었나."

대뜸 그의 얼굴을 보며 방시레 웃음을 보이며 물었다. 놀란 가슴을 추스르며 그는 미소에 화답하기라도 하듯 방긋 미소를 보였다.

맹덕어멈은 그를 문둥이라고 불렀다. 정작 그는 문둥이가 문슨 뜻인지 이해하지 못했고 자신을 부르는 사람마다 불려지는 이름이 모두 달라 그렇기 때문에 자신의 이름이 수 십 개는 되었다. 늑대라고 부르는 사람이 있는가 하면, 맹덕어멈처럼 자신이 부르기 좋은 대로 문둥이라고 부르고, 마흔이 넘어 떡대가 좋아지니 변강새라고도 불렀다. 그가 밭이나 바닷가에 품앗이 갔을 경우 소피가 급하면 여자가 있건 남자가 있건 오래 전부터 아무대서나 자신의 성기를 꺼내 소피를 보았기 때문에 붙여진 호칭이었다. 그 외에도 프랑켄슈타인, 짐승, 망나니 등 헤아릴 수 없이 많은 호칭으로 불려졌다.

그러나 정작 그는 그 호칭이 무엇을 뜻하는지 이해하지 못했다. 그들이 부르는 대로 그는 그들에게 헤벌쭉 웃음을 보였다.

맹덕어멈은 보채었다. 리어카의 손잡이를 부여잡고 있던 손을 좀처럼 놓지 않으려고 하자 그의 손을 낚아채며 잡아끌었다.

"과부, 냄비뚜껑이라두 있어."

그는 맹덕어멈을 과부라고 불렀다. 품앗이 갔을 경우 종종 맹덕어멈을 가리켜 과부라고 불렀기 때문이다.

"시방 따라오면 냄비뚜껑두 주고 밥두 줄텡께, 싸게 따라와 잉."

그 말을 듣자마자 엉거주춤 했던 그는 리어카를 잡아끌며 맹덕어멈의 재빠른 걸음 걸이를 앞서갔다. 그녀의 집을 알고 있기 때문이다. 그는 냄비뚜껑과 밥을 준다는 말에 솔깃하여 주저없이 그녀를 앞질렀다. 대부분 마을 사람들은 고철이나 그에게 밥 한끼를 주려고 그를 부를 때가 종종 있어 그는 평소대로 콧소리를 내며 그녀의 집 앞마당에 먼저 당도해 있었다.

맹덕어멈이 숨을 고르며 조심스럽게 목을 빼어 주위를 살피었다. 사방에 보이는 것이라고는 하늘과 야트막한 산과 바람 소리와 쾌청한 하늘뿐, 한 사람도 보이지 않았다. 그때서야 긴장감으로 팽창했던 가슴을 쓸어내리며 매서운 눈으로 그를 힐끗 훔치고는 방안으로 내몰았다. 마치 우리로 소몰이 하듯.

얼떨결에 방 안으로 들어선 그다. 방 안으로 들어 선 것은 처음이다. 대부분 대문 앞에 기다리게 해 놓거나 마당에 놓인 마루에 밥을 내어주는 것이 전부였다. 맹덕어멈의 방에 들어서자 마자 낯선 사물과 차가운 공기가 느껴지기 시작했다. 무슨 이유때문에 자신을 방 안으로 끌어들였는지 그는 이유를 몰랐다. 마치 정사각형의 방 안이 지니고 있는 낯선 기운에 억눌렸는지 그는 맹덕어멈이 밥상을 들고 들어설 때까지 깃발을 꽂아 둔 것처럼 꽂

꼿하게 서 있었다.

"니 남편이야."

그는 벽에 걸려 있는 맹덕어멈의 죽은 남편의 사진액자를 보며 물었다. 덧붙여,

"정말 잘 생겼다."

그 말을 듣자마자 맹덕어멈은 벽에 걸려 있는 남편의 초상화를 떼어내어 장롱 서랍에 재빠르게 넣었다. 날카로운 눈매가 곡선을 그리며 나긋나긋한 표정으로 바뀌더니,

"예전에 고기두 잡아 주고 밥두 준거 기억하지."

그는 고개를 끄덕였다. 경운기 타고 정치망으로 향하던 맹덕어멈의 남편 얼굴이 가물가물 떠오른다. 그러나 이내 머릿속에 티끌조차 남기지 않고 떨쳐버렸다. 그리고 시선을 밥상으로 돌렸다. 눈치가 빠른 맹덕어멈은 그를 방 바닥에 앉히고는 숟가락을 건네며 말한다.

"배고프지, 얼릉 먹어."

맹덕어멈에게 숟가락을 건네받자마자 망설임 없이 허겁지겁 밥 한공기를 먹어치우고 있다. 자신도 모르게 아랫도리가 뜨거워지고 있다. 그러면서 자신의 물건이 뻣뻣해지고 있음을 느낀다. 열쇠의 고리처럼 여겨지던 자신의 물건이 맹덕어멈의 낯선 손길에 의해 자신이 감당하지 못할 경이로운 전류의 느낌이 그를 휘어감고 있다. 입 속에 담긴 밥을 느리게 씹으며 볼멘소리로 '어-'소리

가 밥 알과 함께 튀어 나왔다.

맹덕어멈은 그의 턱을 한 손으로 받혀주며 입 안에 가득한 밥을 씹으라고 한다. 그의 시선은 날카로운 눈매의 맹덕어멈 얼굴로 갔다가 그녀의 어깨를 따라 그녀의 손이 자신의 바짓속에서 자신의 열쇠고리 같은 하찮은 물건을 마법을 부려 크고 단단하게 만들고 있다.

"문둥이 좋아, 야-삽자루 같네, 그려."

맹덕어멈은 조심스럽게 한 쪽 손으로 밥상을 구석으로 밀어내며 그의 손에 들려 있던 숟가락을 빼어 들었다. 숟가락을 상에 던지고는 그의 한 손을 자신의 가슴으로 끌어당겼다. 그러면서 문둥이 몸에서 풍기는 불쾌하고 구역질이 날 만큼 매스꺼운 냄새를 맡지 않기 위해 콧등에 빨래집게를 물렸다. 우스꽝스럽긴 해도 추녀라고 따돌림 당하던 그녀는 자신의 욕정을 억눌러 와야만 했다. 마흔 살, 남편이 폐암으로 죽을 때까지 성관계는 손가락에 들 정도였다. 맹덕어멈은 혼인의 댓가로 시댁에 소 한마리와 땅을 주고 가난뱅이 남편과 살 수 있었던 것이다. 술과 도박, 여자를 좋아 했던 남편이었지만, 정작 추녀인 자신에게는 냉담하고 무섭게 대했다. 술에 만취하지 않는 이상 자신과의 성 관계를 꺼려 할 정도로 자신의 얼굴에 자신감이 없던 그녀는 남편과 성관계를 포기하며 살아왔다. 생각해보면 남편은 욕정을 풀 곳이 없을 때 마지 못해 그런 경우 잠자리를 같이 할 뿐이었다.

어쨌든, 맹덕어멈은 섞은 냄새가 풍기는 문둥이를 통해서 억눌린 성적 욕망을 해소하겠다는 생각을 굳혔다. 생선 섞은 냄새가 나도 맡지 않으면 될 것이다. 더군다나 문둥이는 채마 밭에서 소피 볼때 꺼낸 삽자루 같은 크기의 물건과 첫경험, 그녀로써는 성적불만 해소로 딱이라고 판단하였다.

문둥이, 아니 그는 짧은 시간 동안 꿈을 꾸고 있었다. 무엇이 현실이고 꿈인지 분간이 가지 않을 꿈을 꾸었다. 그러나 잠결에 꾸었던 꿈과는 사뭇 다르다. 실루엣의 형체, 그 형체가 자신을 괴롭히는 것은 아니었지만 공포와 두려움이었다면, 길 위에서 보았던 자신의 열마디 손가락과 청명한 하늘을 보았던 꿈, 그리고 지금의 꿈은 자신의 육체가 종잇장처럼 가벼워지는 소유하고 싶은 욕망적인 꿈이었다.

자신도 모르게 몸이 뜨거워진다. 작은 불씨가 자신의 몸으로 옮겨 붙어 재가 될 때까지 타오를 것같다. 몸이 뒤틀리기도 한다. 꽈배기처럼 팔과 몸과 다리와 마디마디의 손가락들이 꼬이거나 엉켜버릴 것만 같다. 자신의 의지도 찌릿한 전류에 휩싸여 블랙홀같은 미로에 빨려들어가고 있다. 스스로가 이 팽창하는 이느낌을 참아낼 수가 없었다. 처음 느끼는 느낌치고는 화산의 용암처럼 자신의 핵심적인 심장이 가슴을 뚫고 붉은 피를 분출할 것만 같았다. 수 많은 기억들이 오고가고 기억의 저장고에 갇혀있던 이미지가 눈 앞에 아른거리기도 한다. 울고 싶기도 하고 소리를 지르기고 싶은 욕망도 느낀다. 그녀의 자궁 속으로 자신의 몸을 축소하여 밀어 넣고 싶은 심정이다. 못이라면 이 느낌에 영원히 박혀 빼내고 싶지 않다. 흐느적거리는 느낌도 좋다. 그녀의 매서운 눈매가 부드럽게 감기는 것도 좋다. 감미로운 신음소리, 그녀의 거친 살결, 자신의 영혼을 빨아들일 것같은 적극적인 자세, 그녀의 시커먼 음부.

꿈은 아주 짧았다. 꿈에서 깨고나니 녹을 것만 같았던 주변의 사물과 맹덕어멈의 부드러운 살결이 차갑게 응고되어 갔다. 그는 이유를 몰랐다. 맹덕어멈은 콧잔등에 물려놓은 빨래집게를 빼며 흡족한 미소를 지었다.

그가 냄비뚜껑 하나를 리어카에 싣고 집으로 향했다. 마당 마루에 우두커니 앉아 있는 황달수와 그의 아내와 눈이 마주쳤다. 섹스의 충격에서 벗어나지 못한 그는 황달수의 아내를 뚫어져라 보았다. 맹덕어멈처럼 황달수의 아내도 똑같은 몸과 그 행위를 하면 숨겨진 모습을 드러낼까라는 의뭉스러움에 사로 잡혔다. 환상은 길지 않았다. 그는 본능적으로 황달수 아내의 백발 머리와 축 늘어진 젖가슴, 앙상한 다리와 헝겊을 비뚤어 놓은 듯 쭈글한 얼굴, 썩은 치석 등 본능적으로 거부감이 들었다.

"워디를 쥐새끼마냥 쏘 다니구 오는겨."

황달수는 자리에서 일어나 리어카에 담긴 냄비뚜껑 하나를 지팡이로 툭 쳐냈다. 불만족스러운지 뿔따구가 난 황달수이지만 괴력을 뽐내던 그때와는 달리 눈치를 살피며 투정거렸다. 그가 다시 힘을 과시하면 황달수는 패대기 당하여 낙엽처럼 땅바닥에 나뒹굴 수도 있다. 또 그런 상황을 겪게 되면 그를 제압할 통제력을 그 이후 잃게 될까봐 두려웠다.

"나, 배고프다. 그러니 밥줘."

그는 무뚝뚝하게 한 마디를 내뱉고는 창고로 향했다. 그는 자리에 눕자마자 맹덕어멈에게 느꼈던 섹스의 환상적 쾌락을 머릿속에 자꾸 그리며 떠올렸다. 잠이 오지 않았다. 그 이후로 그는 며칠 동안 실루엣의 형체가 나타나는 꿈을 꾸지 않았다.

제8장
노동

제8장 노동

 섬은 큰 감옥이었다. 육지로 나가 본 적이 없는 그는 언덕에 올라 푸른 수평선을 바라 볼 때도 있다. 무엇보다도 수평섬 넘어 오고가는 배들을 바라보며 수평선 너머로 가고 싶은 욕망이 불꽃처럼 일기도 했다.
 어느덧 햇볕은 쇠톱의 톱니처럼 강렬해지고 있다. 부쩍 섬의 이장 집에 품앗이 하러 가는 경우가 잦았다. 몸이 아프거나 일하기 싫어 다른 이웃집 품앗이는 거절해도 이장의 한 마디의 말은 거절 할 수 없었다. 이유는 황달수가 노쇠한 망아지처럼 폭력을 행사하지 못하는 반면 젊은 이장은 그에게 번번히 매질을 가하며 조련사처럼 무섭게 굴었다. 그에게도 자신의 덩치만큼이나 우람한 덩치에 주눅이 들었고 힘 또한 자신보다 강했다.

 무를 심거나 뽑을 때, 마늘을 심을 때나 뽑을 때, 배를 타고 바다로 나갈 때나 집의 문고리를 고칠 때마다 이장의 부름이면 훈련된 개처럼 달려가야 했다. 보통 발길질에서 부터 입에 조롱박처럼 달고다니는 욕은 일상적인 것이었다. 이장의 눈치를 보며 일을 하고, 사이참에 술 한 잔도 그의 허락 없이는 맛을 볼 수가 없었다. 밥도 마찬가지다. 이장에게 물어 보아야 했으며 그의 허락 없이는 숟가락 조차 들지 못했다. 섬 마을 사람 모두 서로에게 품앗이 하는 경우도 있으며 때론 텃밭에 몇몇이 품앗이 하는 경우도 더러 있다. 여자 혼자 밭농사 외에는 수입이 딱히 없던 맹덕어멈과 마주 칠 때도 있는데 맞닥뜨릴 때마다 그의 감정은 묘하게 다가왔다. 그 이후로 맹덕어멈의 눈길은 그를 피했고 아무 말도 건네지 않았다. 맹덕어멍이 자신을 고의적으로 피하고 있다는 것을 느낌으로 알았지만 그가 가까이 다가 올라치면 눈치빠르게 그를 피해 달아났다. 그러나 그에게는 맹덕어멈 자체가 아파하고 신음을 토해내던 이미지를 맞닥뜨릴 때마다 연상시켜, 그 영상이 떠오를 때마다 그는 흐뭇한 미소를 지었다.

 품앗이가 끝나면 품삯은 황달수에게 전해졌다. 돈에 대한 개념은 그에게는 없었다. 오로지 밥이었다. 밥을 먹을 때는 야릇한 행복을 느낀다. 포만감을 느낄때도 그렇다.

그의 이마에 땀방울이 맺혀 뚝뚝 떨어진다. 휴식 시간도 없이 그는 오전 내내 무를 뽑는 일에 정신을 빼앗겼다. 어쩌다가 맹덕어멈이 '문둥이'하고 부르는 소리가 들리고, 이장의 허스키한 목소리로 '꼴통'하고 부르는 소리가 들린다. 점심시간이었다. 허리를 펴자마자 파랗던 하늘이 붉게 변해가더니 현기증까지 일어났다. 허리가 두 동강이 날것처럼 아팠다. 잠시 허리춤을 두 손으로 짚고 통증에 멈칫 거렸을 뿐인데 이장의 호통이 이내 그의 목덜미를 끌어 당겼다. 그는 통증을 잊고 이장 쪽으로 고라니처럼 펄쩍 뛰며 향했다. 이장 앞에 바툼 서자 이장은 버릇처럼 손을 내려 칠 듯이 올렸다. 위협만 가하고는 손을 내렸지만 그는 매서운 그의 손을 피해 움칠 하다가 뒤로 넘어졌다. 그러자 이장과 맹덕어멈과 황달수는 조롱 섞인 웃음을 내보였다.

"네가 좋아하는 밥이다, 꼴통."

덩달아 황달수도 지팡이를 내려 칠 듯 들었다 났다, 추켜세웠다를 반복하며 깔깔거렸다. 맹덕어멈이 대접에다가 밥을 퍼 담고 그 위에 김치와 깍두기 국물을 부어주었다. 대접을 들고 그는 밭 두둑으로 걸어 가 흙바닥에 주져 앉아 허겁지겁 밥을 먹기 시작했다. 마치 개 앞에 개밥을 놓아준 모습 같았다. 그 모습을 힐끗 훔쳐보던 먼 발치의 이장과 맹덕어멈과 활달수의 웃음소리가 들려왔다. 그들은 막걸리를 담은 잔을 부딪히며 농담을 주고받았다. 그러나 그는 밥풀 하나 없이 대접을 핥으며 먹고 있다. 그러면서 맹덕어멈의 웃는 모습을 훔쳐 본 그는 맹덕어멈에게 야릇한 웃음을 보였다. 야릇한 시선을 느끼고 있었던지 맹덕어멈은 불쾌하다는 듯 날카로운 눈매를 매섭게 하고는 콧방귀를 끼었다.

"맹덕어멈, 저 꼴통이 아까부터 자넬 보고 미친 놈처럼 웃는데……. 이상혀."

이장은 막걸리 한 대접을 훌쩍 마시더니 입 주변을 닦아내었다.

"뭔 개 뼈 발라먹는 소릴 혀, 저 문둥이 자슥 여자 보는 눈은 있어가지고……."

맹덕엄멈은 퉁명스럽게 대꾸했다. 목이 타는지 막걸리 한 사발을 쉼 없이 벌컥 마셨다.

"저 늠의 자슥 물건 하나는 숫소 보다 더 좋다는 것을 섬 사람이라면 열살 계집애도 아는듸……, 자네 과부가 된지두 강산이 한 번 바뀌었지 아마……."

이장은 농이 섞인 말로 맹덕어멈을 게슴츠레한 눈을 하고 속마음을 떠보았다.

"막걸리에다 똥을 섞었나 막걸리 맛이 오늘따라 누린네 냄새에다 똥맛이여. 밥 잘 먹었으면 주둥이 잘 간수혀. 앞으로 똥맛나는 막걸리두 맛을 못볼텡께."

맹덕어멈은 화가 났는지 큰목소리로 이장에게 소릴 질렀다. 의외로 이장은 너털웃음을 지으며,

"애구 맹덕어멈, 오늘 일 끝마치구 나랑 워뗘."

이장의 말에 맹덕어멈은 황달수의 눈치를 보았다. 황달수는 고개를 돌리더니 담배 한 개비를 물어피웠다.

"그때 워쩔뻔 했어, 당신 마누라에게 들통 났으면 나 이섬에서 쫓겨나야 헌다구."

이장은 '꼴통'하고 불러대었다. 밭두둑에 앉아 흙장난을 치고 있던 그는 바늘에 찔린 송아지마냥 자리에서 벌떡 일어나 이장에게로 뛰어갔다. 이장은 자리에서 벌떡 일어나 노끈으로 무를 단으로 만들어 경운기로 자신의 집에 운반해 놓으라고 명령조로 지시하였다. 황달수는 엉덩이의 먼지를 털어내며 자리를 떴다. 이장은 황달수에게 눈짓을 하고 앞서서 어딘가로 향했다. 이장의 뒤를 다르는 맹덕어멈의 걸음걸이는 조심스러웠다.

어둑어둑해 질 때까지 노끈으로 무를 단으로 만들고 그 무단을 경운기로 옮겨 놓는데 꼬박 여섯시간이 걸렸다. 녹초가 되서야 그는 황달수의 집 창고에 갈 수 있었는데, 마당에 흘러나오는 황달수와 아내의 히히낙낙거리는 웃음소리가 흘러나왔다. 그 소리가 맹덕어멈의 거친 숨소리와 같다고 느끼는 것은 무엇일까. 그러나 속이 매스껍고 역겨운 것은 무엇 때문일까. 그는 마네킹처럼 그

들의 웃음소리를 들으며 마당에 서 있었다. 웃음이 멈추지 않으면 그도 움직이지 않을 것 같았다. 피곤이 몰려왔다. 부엌에 들어가 보니 대접에 밥과 그 위에 김치가 얹어 있었다. 피곤해도 허기지고 지친 몸을 위해 밥은 먹어야 했다.

그 뒷날 부터 어떠한 꿈도 꾸지 않았다. 얼마동안 지속될지 모르는 그 악몽, 악몽을 꾸지 않는다는 것은 그로써도 좋은 일임이 틀림없다. 꿈을 꾸지 않은 그날부터 그는 이장의 밭에 품앗이를 갔다. 며칠째 노동은 반복적으로 되풀이 됐고 혹독했다. 휴식시간 없이 반나절을 일하고 점심을 먹자마자 먹은 점심 음식물이 목까지 차오를 정도로 노동에 시달렸다. 그런 노동이 지속될수록 밥맛이 없어졌다. 밥을 먹는 즐거움으로 살던 그가 노동을 통해 구토를 한 음식물을 보고 난 뒤에 밥에 대한 역겨움을 서서히 갖기 시작했다. 집착 할 정도로 밥에 대한 생각이 바뀌자 밥의 양과 맛도 줄어들거나 떨어졌다. 맹덕어멈은 문둥이의 식욕이 예전만 못하다는 것을 일찌감치 눈치를 체고 있었다. 그가 자신의 토사물을 직접 눈으로 보지 않았다면 밥을 멀리하려 하지 않았을 것이다. 자신이 맛있게 먹었던 밥이 선혈과 뒤섞여 악취를 풍겼고 그 토사물이 더럽다는 것이 놀라웠다.

어느날, 고철을 주워 가져온 것은 큰 가마솥이었다. 황달수는 고철값으로 보면 꽤 괜찮은 물건으로 보았기 때문에 흐뭇해했다. 시간이 흐를수록 황달수는 늑대의 행동을 보고 의아해했다. 아니 무슨꿍꿍이가 있는가, 의뭉스러웠다. 평소 고철을 주어 오면 마당 한쪽 귀퉁이에 쌓아두고는 하였다. 헌데 늑대는 고철더미에 던져 놓기는 커녕 잘 씻어 햇볕에 물기를 말리고는 마당 한 쪽에 벽돌을 둥그렇게 쌓아 가마솥을 올려놓는 것이 아닌가.
"지금 뭣하는 겨."
 황달수는 다그치며 물었다. 눈하나 꿈쩍하지 않는 그는 묵묵히 하고 있던 일을 마무리지었다. 그리고 수돗가에서 물을 받아 가마솥에 물을 부었다. 황달수의 아내는 하릴없이 지루했는지 방 안에서 나와 마루에 엉덩일 붙였다. 물끄러미 바라보기만 할뿐, 아무말도 하지 않았다. 침묵으로 일관하고 있는 늑대의 태도가 불쾌했다. 지팡이로 그의 허리를 꾹 찍었다.
"지금 뭣 허는겨, 어여 이장 밭으로 가서 무나 뽑으라구."
"밥이 맛없다, 맛없어 내가 밥을 만들거다."
 그는 결단을 내린 사람처럼 자신의 생각을 바꿀 기미가 없어 보였다. 텃밭에서 파를 뽑아 다듬고 씻더니 쟁반 위에 올려 놓았다. 그뿐만아니라 무를 두껍게 썰어 놓는가 하면 양념장도 갖다 놓았다. 그의 동작은 날렵하고 정확했다. 자신이 필요로 하는 양념장이나 채소들을 단박에 찾아 정리해놓았다. 가마솥을 올려놓은 작은 아궁이에 불을 지핀다. 장작과 땔감을 부지런히 날라 옮겨 놓았다. 황달수는 그의 행동이 미심쩍었다. 솥의 뚜껑을 열어보니 물이 한 가득이다. 파 한쪼가리라도 넣으면 넘칠 듯 말듯 하다. 미심쩍은 행동이 불현듯 두려움으로 그 차가운 체온을 전달했다. 평소 요리라고는 할 줄 모르는 녀석이 '밥이 맛없어' 하면서 자신이 만들어 먹는다는 것이다. 그러나 주변을 두리번 거려도 큰 가마솥에 해먹을 수 있는 식재료가 주변에 보이질 않았다. '개를 삶을 것인가.' 황달수는 생각했다. 그의 아내는 여전히 그가 무엇을 하든 관심 밖이었다. 마루에 앉아 절여오는 어깨를 만지작거리거나 게슴츠레한 눈을 하고 멀뚱 바라만 볼 뿐이다. 황달수는 발등에 불이 붙었는지 허둥대며 창고를 뒤적거리거나 부엌을 살피었다. 아무리 생각해도 가마솥에 삶을 고기가 보이지 않았다. 방향을 돌려 마당으로 나왔는데 늑대가 보이지 않았다. 헛기침을 내뱉고 마당 밖으로 발걸음을 옮겼다.

"영감-뭣허슈. 워디 댕겨 온다고 나갔응께 기다려봐유."

허둥대는 황달수의 모습을 지켜보고 있던 그의 아내가 말했다.

"응-, 그려. 난 또 뭐라구."

안도의 한 숨을 내 쉬며 그가 되돌아 올 때까지 마루에 앉아 기다리기로 하였다. 시간이 얼마나 흘렀을까,

늑대의 머리에 똥개 한 마리가 얹어 있었다. 긴 혓바닥을 내밀고 입을 벌리고 있는 것이 죽어 있었다. 황달수는 늑대의 주변을 돌며 세심하게 살피었다.

"잉-, 그 누렁이 맹덕어멈 똥개 아녀."

황달수는 놀라 눈이 휘둥그레졌다. 맹덕어멈이 이 사실을 알 경우 이장까지 나서서 해코지 할 것이 뻔하다. 그러나 예전부터 살이 부쩍 오른 똥개를 탐을 내고 있었던 것만은 틀림없다. 잠시 고민에 빠졌다. 황달수가 고민하는 동안 늑대는 똥개를 땅바닥에 내려놓더니 부탄가스를 창고에서 꺼내 들고왔다. 똥개의 털을 그을리더니 칼로 배를 갈라 내장을 꺼내 밭에 버렸다. 까마귀 밥이라도 하라고 하는 듯이.

황달수는 어이없어 하면서도 그가 하는 일을 구태여 뜯어 말리고 쉽지 않았다. 멀찍감치 관망만 하는 방관자라고 볼 수 밖에 없었는데, 그도 사실 그 똥개를 언젠가 가마솥에 삶아 먹고 싶었던 역심이 있었다.

황달수는 그의 아내를 잡아끌며 방 안으로 들어갔다. 오랜 시간 동안 가마솥에 삶아야 하기 때문이다. 가마솥의 물이 끓기 시작했고 정성스럽게 칼을 갈은 그는 날카로운 칼날에 자신의 집게 손가락을 살짝 그었다. 선홍빛 피가 살색을 조금씩 물들이고 있다.

살갗을 태우고 토막낸 맹덕어멈의 집을 지키던 똥개, 정수리를 큰 망치로 단 한번 내리쳤다. 평상시 따르던 개라 짖지 않았던 것이 그에게는 도움이 된 것이다.
 그의 얼굴에는 핏빛처럼 야릇한 미소가 번져갔다. 토막난 똥개를 내려다보며.

제9장
그림자들

제9장 그림자들

 사채를 빌려 종로 인쇄소 골목에 작은 건물을 얻은 동욱이었다. 서울로 상경한 그는 그럭저럭 인쇄소 영업을 하는 동안 입에 풀칠 할 정도로 돈을 벌었다. 인쇄소 일은 자신의 적성에 맞거나 열정적인 일은 아니었으나 짧은 경력의 출판사 도움으로 인쇄소를 직접 운영하게 된 계기가 되었다. 그는 〈물구나무를 서서 지구를 들어 올린다.〉는 열정으로 지구를 지탱하고 있는 아틀라스(Atlas)보다 위대하고 성공 할 수 있다는 자만심과 열정으로 가득했다. 시간이 흐를수록 그의 중압감은 아틀라스 보다 더 지탱하기 어려운 부도의 직면에 처하기도 했는데 대학교 모교의 김교수의 도움으로 가까스로 부도를 벗어난적도 있다. 학부생들의 졸업논문을 제작해 준다거나 제본, 서구나 유럽의 번역본 일을 도맡아 엉뚱한 생각이나 딴짓 할 겨를 없이 일에 몰두해있었다. 일에 정신을 빼앗기는 생활도 그에게는 보람처럼 느껴졌다. 인쇄소가 유명새는 타지 않았지만 입소문을 타고 찾아오는 학생들이 많았고, 그 중에 어느 작가의 불온서적의 제본을 부탁받아 곤혹을 치른 적도 있다. 매일 바쁜 것은 아니었다. 때론 학부생들의 논문 교정을 해줘 용돈 벌이는 됐지만 자주 있는 일은 아니었다.

 오전 내내 햇볕이 들지 않는 종로 인쇄소 비좁은 골목에 오후쯤 되서 먹구름이 걷히고 햇볕이 들었다. 학기초와 달리 인쇄물이 많이 줄어들어 그는 인쇄소 앞에 플라스틱 의자에 앉아 한가롭게 담배를 물어 피웠다. 인쇄소 안에서 전화 벨소리가 울려퍼진다. 피다 만 담배를 비벼 끄고는 인쇄소 안으로 뛰어 들어갔다.

 "김군, 지금 시간 되나."

 수화기에서 사회학과 김남연교수의 목소리가 나지막이 들려왔다.

 "아—예……."

 "지금 자네 사무실 근교에 있는 학림다방에 와 있다네, 잠시 얼굴 좀 볼 수 있겠나."

"아-네. 곧 가죠."

수화기를 내려 놓자 김남연 교수의 나지막한 목소리가 이명처럼 들린다. 갑작스런 전화나 근처로 찾아 온 것도 그렇고 까닭없이 불안하고 경황이 없는 이유는 무었일까. 그는 가게 문 앞에 〈지금은 외출중〉이란 푯말을 걸어놓고 인쇄소 걸목에서 오 분도 채 되지 않는 학림다방 안으로 들어섰다. 좀 후미진 곳에 위치해 있어서 그런지 학림다방 안은 음산할 정도로 어둑어둑 했고, 때마침 마마스앤파파스의 〈캘리포니아 드림〉이 흘러나왔다. 그는 이곳저곳을 두리번 거렸다. 한쪽 구석에서 짧은 팔을 들어 보이는 김남현 교수였다. 그는 고개를 숙이며 김남연 교수 쪽으로 향했다.

"아, 어서 오게. 그동안 잘 지냈는가."

"아-네, 교수님. 제가 그동안 찾아뵙고 인사드리는 것이 도리인데……경황이 없어서 연락도 못드리고……죄송합니다."

"아-아니, 괜찮아. 자네 소식이야 자네 동문한테 듣고 있었으니까 잘 알고 있지. ……아, 근데……인쇄소는 잘 되고 있나. 이젠 자리 좀 잡아 가고 있겠군……."

"아-네, 교수님."

김남연 교수는 안경을 빼어들며 피곤해 보이는 양쪽 눈을 비볐다. 그러면서,

"요즘 잠을 잘 못자니 눈가풀에 작은 경련이 와서 죽

겠네."

"……."

요리조리 그를 훑어보던 김남연 교수는 안경을 고쳐쓰더니 학림다방 아가씨를 불러 세웠다. 그리고 그에게 물어보지도 않고 자신이 마시는 차 하나 갖고 오라고 말하고는,

"자네 그 동안 사업장 자리잡기 위해 고생 한 것 같어이. 부쩍 헬쓱해진것 같어."

"아-네, 교수님. 지금 일 년 정도 되었는데……바쁠땐 정신없이 바쁘고 한가 할때는 시간이 좀 남아 돕니다. 그래도 생계 유지는 할 수 있을 정도로 벌고 있습니다. ……헌데……."

"아-자네가 상경하여 종로에서 인쇄소 사업을 하고 있다기에 겸사겸사 얼굴도 볼겸 들렀네."

말을 잇는 김남연 교수는 손목에 찬 시계를 훔쳐보고 그의 얼굴을 바라보았다.

"저는 오늘 급한 일이 없습니다. 저 신경 안쓰셔도 됩니다."

동욱은 김남연 교수가 시계를 보자마자 자신의 시간을 많이 뺏지 않으려 배려를 하려 하는 것으로 생각했다. 하지만 딱히 바쁜 일이 없었기 때문에 그런 대답을 미리 해 주었다.

"아-그런가."

그제야 소파 등받이에 등을 기대고 담배 한 개비를 물어 피웠다. 김남연 교수는 열열한 민족주의자며 민주주의를 학생들에게 열강하는 사람이었다. 전공은 아니었지만 교양과목으로 두 과목을 수강하였고, 그 때마다 수업 과정 보다는 정치와 사회에 대한 비판적인 이야기가 주된 화두였다. 그 때문에 수강하는 학생들 중 이탈하는 학생들이 있는가 하면 급기야는 여남은 명만 수강하는데, 대부분 맑스와 마르크스에 흠뻑 빠진 학생들만 남았다.

"자네 기억하고 있는지 모르겠군."

"……."

"자네에게 진보냐 보수냐고 물었을 때 자네가 대답하기를 '저는 중도 입니다'라고 말했다가 내게 혼난 것을."

"물론 기억하고 있습니다. 제가 왜 멍청하게 그렇게 대답을 했는지……."

그때의 일을 생경하게 기억하는 동욱이었다. 머쓱해서 그런가 동욱은 그때의 일을 떠올리고 나니 뒷덜미가 간지러웠다. 뒷덜미를 긁적이며 온기를 잃어가는 커피를 한 모금 후루룩 마셨다.

"내가 못들은 것으로 하겠다는 말도 기억하고 있나."

"네-교수님. 다른 일은 까먹어도 그 일은 호되게 혼쭐나 까마귀 귀신을 열 댓마리 구워 먹어도 잊지 못합니다."

"자네가 그토록 기억하고 있으니 내가 크게 상처를 줬나 보군……그렇다면 미안하네."

"무슨 말씀을요. 그렇지 않습니다. 우유부단한 제 정신 상태가 문제였죠. ……그리고 상처 보다는 그 일이 있은 후 정치와 사회에 대한 관심이 많아 진 것은 사실입니다만……졸업하고 나서 먹고 살려고 하다보니 예전의 우유부단한 모습으로 되돌아 왔습니다."

"껄껄껄-여전 하구만."

"지금도 사회학과에서 학생들을 가르치시는지요."

잠시 묵묵이 침묵이 흘렀지만 동욱은 말문을 어렵게 열었다. 시간이 많이 흘렀음에도 여전히 교수와 학생이라는 오래 전 맺은 사제관계가 자리를 불편하게 만들었다.

"작년에 그만 두었네."

"정년 퇴직 하신 건가요."

"그런 셈이지 뭐."

시간이 흐를 수록 지루하다는 생각이 든 동욱이다. 커피를 다 마시고 난 뒤에 쌍화차 한 잔을 더 시켰고, 그것마져 다 마셔버려 딴청 피울 짓거리가 사라진 셈이었다. 김남연 교수는 옆 자리에 놓아 두었던 봉투를 조심스럽게 건네주었다. 그러면서,

"잘 보관해 두게……아니, 보관 좀 해 줄 수 있나."

"이게 뭐죠."

"아-내가 아끼는 자료 일세. 거 있잖은가 안국산의 「금수회의록」과 김필수의 「정세록」같은 내용이다네. 모방이라고 해도 무관하네. 약간 변형한 글일 뿐이니……."

"교수님, 사회비판의 내용이 아닙니까. 요즘, 민주화다 뭐다 대모하고 어지러운……."

"긴급조치다 뭐다 하는 개 소리는 나도 다 알고 있네. 모신문사 사설도 접었다네. 어수선한 사회 분위기를 피해 잠시 떠나 있을 거라네. 그리고 내 집은 난장판이 되서……이 글은 차후에 책으로 엮을 것인데 시간이 좀 필요하지. 믿고 맡길 수 있는 사람은 모두 모르는 곳에 끌려 갔거나 흩어졌지. 부탁하겠네."

김남연 교수는 동욱의 손을 잡아 끌어 두 손을 포개어 감쌌다. 따듯한 온기가 동욱의 손을 통해 가슴까지 전달되었다. 동욱은 따듯한 온기를 느끼고만 있을 뿐, 머릿속은 백지처럼 아무것도, 아니 한 단어도 떠오르지 않았다.

"자네에게 피해는 가지 않을 걸세. 내게 무슨 일이 생겨도……."

동욱은 본능적으로 고개를 끄덕였다. 아무래도 자신의 신변에 변고가 생겨도 차후 인쇄소를 하는 동욱이 자신의 원고를 잘보관하고 있다 시국이 좋아지면 책으로 출간해 줄 수도 있기 때문이다. 작고 뒤에 나온다고 해도 김남연 교수는 동욱밖에 없었다.

학림다방에서 본 뒤로 김남연 교수의 소식은 들을 수 없었다. 전화연락도 되지 않았다. 그 이후 인쇄소 일로 정신없이 바쁜 동욱이었다. 작가들의 단행본을 만들어 주기도 하고 논문 교정과 학생들 교과서 제본 일에 바빴다.

지랄탄을 쏘아대는 향차의 포 소리가 하늘을 찢고 있다. 눈을 뜨지 못할 정도로 맵고 코를 찌르는 최루탄 가스가 종로 거리를 가득 채웠다. 학생들 일부는 손수건으로 입을 틀어 막고, 동료를 부축하는 여학생들, 봉을 휘두르는 전경들이 동욱의 가계 앞을 쏜살같이 지나갔다. 인쇄소 문을 잠그고 사무실 안에서 밖의 풍경을 지켜보는 동욱이었다.

엄청난 포 소리와 함성 소리가 연기처럼 흩어지고 나더니 장사를 하던 사람 하나 둘씩 가계 문을 열었다. 개중에는 아예 가계문을 닫고 대포집으로 향하는 사람들도 있다. 동욱은 인쇄소 안에 가득한 매운 최루탄 가스 냄새를 빼기 위해 창문과 정문을 활짝 열어 놓아 환기시켰다.

손수래를 끌고 오는 이덕갱이 투덜거리며 오고 있다. 입에는 담배가 물려 있고 얼굴과 목 주변에는 곰버섯이 가득하고 주름진 얼굴에는 온갖 불만이 한가득 담겨 째푸리고 있다. 인쇄소 골목은 차가 들어 올 수 없어 인쇄소에서 나오는 재고 물량과 각종 쓸모없는 파지를 긁어모아 처리하는 고물장수 이덕갱이었다. 담뱃재가 간당간당 매달려 있는 것이 잔바람이라도 획하고 지나가면 담뱃재가 고스란이 그의 입 속으로 빨려 들어갈 것만 같았다.

"먹고 살기두 빠듯헌듸, 밥 잘므윽고 공부 시켜 주니께네 민주주의니 뭐니 나불거리메 뭐꼬."

"이씨 아저씨 왔어요."

"음매-옷에두 최루탄 가스 냄새……콜록콜록"

이씨는 손수래 손잡이를 놓고 옷소매의 냄새를 개 코처럼 킁킁거렸다. 동욱은 세숫대야에 수돗물을 받아 골목에 뿌리고 있다.

"똥인지 오즈음인지 믈러도 죽인지 밥인지는 알아야 헐것 아녀. 공부두 지질히 못허는 것들이……."

이씨는 눈이 매웠는지 눈까풀을 깜박거렸다. 세숫대야 앞에 손을 내밀자 동욱은 물을 조금씩 흘려 주었다. 얼굴과 손을 씻고 난 뒤에 집게손가락을 이용하여 코를 풀어 재켰다.

"파지즘 많이 있는가."

"책 재고가 좀 많아요. 이 골목을 수 십번 왔다갔다 하셔야 할겁니다."

"에잇-먹고사는 일인듸, 힘들께 뭐고 나쁠게 뭐가 있당가."

인쇄소 안에 있는 작은 창고의 쪽문을 열자 책더미가 수북히 쌓여 있다. 이씨의 연락만 없었더라도 동욱은 인쇄소 문을 이틀쯤 닫을 생각이었다. 노련한 이씨는 책더미의 크기를 골라 노끈으로 묶었다. 동욱이 거들지 않아도 노련한 이씨는 창고의 책을 옮기는데 오랜 시간을 소비하지 않았다.

"이곳말구두 두군데나 예약이 있다구."

"저보다 더 바쁘신것 같아요."

"뭔 소리여, 우린 몸뚱이 밖에 읎는지라 몸뚱이가 재빠르지 않으믄 굶어죽기 십상이여. 자네처럼 똑똑한 사람들은 몸뚱이 보다는 머리를 빨리 회전혀야 허구. 그려 안그려."

"그려유, 이씨 아저씨 말이 맞아유."

이씨의 말을 흉내내다 보니 웃음이 나와 깔깔 박장대소하는 동욱이다. 이덕갱도 제 말을 흉내내는 동욱의 모습이 우스꽝스러웠던지 너털거렸다.

"그려- 내 말이 참말이구먼."

맞장구치는 이덕갱이었다.

손수래에 책을 산더미처럼 쌓고 수 십 번 왔다갔다 하더니 어느새 창고는 빈깡통처럼 텅텅 비었다. 동욱은 곰곰이 생각에 잠기더니 손벽을 쳤다. 그는 재빠르게 인쇄소 구석에 놓인 상자를 열어 보았다. 시험인쇄를 한 종이와 잘못 인쇄한 종이들이 각봉투에 차곡차곡 쌓여 있었다. 그는 버릴 파지라고 해도 상자에는 각봉투에 담아 넣어두었다. 웬만하면 열어보지 않는 상자였는데 이참에 상자 속의 휴지를 버려 상자를 비울 생각이었다. 상자 속의 휴지를 모두 손수레에 실어 주고 나니 궤양을 치료 한 것처럼 속이 개운하게 느껴졌다.

바지주머니에서 꼬깃한 돈을 꺼내 몇 장을 골라 빳빳하게 펴는 시늉을 하더니 동욱에게 건네주었다.

"비눗 값하구 대폿집 막걸리라두 혀, 오늘은 잘 쳐준 겨."

헤벌쭉, 두툼하고 큰 입술을 드러내며 손수레를 끌고 골목길로 사라진 이덕갱이었다. 그는 장부에 적힌 일정표를 꼼꼼히 살펴보더니 인쇄소 사무실 문을 닫았다.

책자 인쇄 보다는 지라시(낱장 광고) 주문량이 늘었다. 사실 동욱에게는 정부 비판에 대한 지라시 주문이 불편했고, 무엇보다 지라시는 낮에 시안을 잡아두고 밤에 그누구도 모르게 인쇄하는 방법을 택해야만 했다. 내용 대부분 〈독재정권 물러가라, 민주주의 쟁취하자.〉의 구호적 주제를 담고 있는 것이라서 비밀리에 인쇄를 할 수밖에 없다. 혹여 주변으로 이 사실이 발각되는 날에는 무슨 일이 벌어 질지 모르는 일이다. 지라시 인쇄물은 가급

적 휴지를 넣어 둔 상자에 넣어두고 자술쇠를 채웠다.

　그는 며칠 동안 주변 상인들과 대화조차 할 수 없을 정도로 경쟁과 갈등 관계를 갖고 있어 골머리를 앓아야 했다. 텃새를 부리는 것치고 음해과 흉을 거침없이 내뱉어 동욱은 종로 인쇄소의 괴물로 변하고 말았다. 애초부터 갈등관계의 원인과 요인에 대한, 첫 단추부터 무엇이 잘못 채워졌는지 고민해도 그 이유를 알 수 없었고, 이덕갱 고물장수에게 물어봐도 도통 모르쇠로 일관했다. 대폿집에 앉아 홀로 소주를 기울이고 있으면 지나가는 이웃 상가 주인들이나 인쇄소 사장들이 선입견의 시선으로 동욱을 바라본다. 눈빛이 예사롭지 않았다. 그에게 귓뜸으로 말해주는 이가 없으니 그로써도 답답 할 뿐이었다.

　날씨는 며칠 동안 쾌청했다. 수채화에 파란색 물감을 붓으로 찍어 놓은 듯 청명한 하늘이었다. 종로에 수 백 개의 인쇄소가 몰려 있어서 그런지 경쟁심과 시기심, 상대방에 대한 음해이 울타리 없는 짐승처럼 날뛰 듯 난무하고 있었다. 그들과의 싸움과 경쟁은 신경쇠약에 걸릴 만큼 동욱에게는 불편하고 힘든 일이었다. 그러나 인쇄소 일을 접고 다른 일을 찾는다고 해도 그곳에도 텃세와 경쟁이 판을 치는 사회일 것이기 때문에, 그들과 싸워 꿋꿋하게 이겨야만 하는 부담을 안고 지냈다. 그는 안정제를 먹으며 부르르 떨리는 심장을 진정시켰다. 봉사 삼 년, 귀먹어리 삼 년이라는 말처럼 그는 굳은 결심으로 은

밀하게 그들과 싸우기로 마음 먹었다. 그것이 그 사회에서 살길이었다.

종로 인쇄소의 좁은 골목의 하늘 위를 올려다 보는 습관이 그에게 생겼다. 그때마다 마음을 고쳐먹고, 생각을 바꾸거나, 인쇄소 경영에 대한 고민을 한다. 그때마다 명답은 아니더라도 사람 사는 곳에는 항시 갈등과 시기와 경쟁의 전쟁속에서 나약한 인간은 도태되거나 죽게 된다는 결론을 내린다. 그런 생각을 자주 할 때마다 그 생각은 신념처럼 믿게 되었고, 그때마다 자기 자신은 다른 사람들처럼 되지 않으리라 대상을 교훈 삼았다.

다른 여느 날처럼 하늘은 화선지에 붓끝으로 파랑 색을 찍어 놓은 것처럼 쾌청했다.

"이봐-동욱이."

낯익은 목소리가 들려왔다. 하늘을 올려다 보며 푸념과 헛웃음을 번갈아 내쉬고 있다 소리 나는 쪽으로 고개를 돌렸다.

"이봐-나야, 나라구."

비좁은 골목에 나무젓가락 하나를 세워 놓은 듯 깡마른 사내가 동욱을 향해 손짓을 했다. 바툼 다가서더니,

"에휴-여기 찾느라구 이곳 저곳 헤메고 다녔네."

그는 이마의 땀을 씻어내며 들숨날숨 내쉬었다. 정장에 맑끔한 외모로 누가 봐도 무역회사나 대기업에 다니는 셀러리맨 같아 보였다. 동욱은 한눈에 대학 동기였던

조봉수를 알아 볼 수 있었다.

"아니, 어떻게 이곳을 알고……."

"며칠 전 김남연 교수님을 우연하게 왕십리에서 만났지 뭐야. 얘기 하다보니 네 얘기가 나오더라구. 이 근처에 비지니스 일이 있어 왔다가 네 생각이 나 얼굴이나 보려구 왔더니만 비슷한 인쇄소가 너무 많아 골목을 헤맸네."

"방갑네-, 졸업하고 얼마만이야. 사 년 만인가."

서로 부등켜 안고 여러 번 악수를 하고 난 뒤에 동욱은 그를 데리고 학림다방 근처의 대폿집으로 향했다. 김치파전에 막걸리를 시켜 놓고 그 둘은 대화 보다는 서로의 얼굴을 보며 방긋 웃었다.

"아참, 자네 출세했나 보네. 양복 가다마에 포마드기름을 바른 머리카락의 윤기는 방앗간의 참기름 서 말보다 더 발라놓은 듯 번들거리네."

동욱은 농을 섞어 말했다.

"럭키 금암상사에 대리로 근무하고 있네. 입사한지 벌써 삼 년이 되었시."

"잘 됐네, 다른 친구들과는 연락이 되고……."

"아니, 나도 자리 잡으려고 동분서주 했다네. 상품 팔아 먹을려고 해외도 몇 번 다녀오고, 이제는 비행기 타기 귀찮아서 잠시 국내 영업만 하기로 했지."

동욱은 자유롭게 제집 드나들 듯 해외를 오고가는 것

에 놀랐다. 그는 부럽다고 생각을 하고 있었다.

"럭키 금암상사 많이 들어 봤지. 가전제품과 여러가지 공산품을 만드는 큰 회사로 알고 있거든……와- 자네 대단한데."

동욱은 감탄사를 내뱉으며 그를 칭찬하였다. 막걸리 두 주전자를 비우고 취기에 기분도 급흥분으로 상승하고 새처럼 금방이라도 날아 오를 것 같은 들뜬 기분을 동욱은 감출 수 없었다.

"자네가 말한대로 럭키 금암상사는 한국에서 다섯 손가락에 꼽을 내놓으라 하는 대기업이지. 병아리때는 경제 관념이 없어서 잘 몰랐지만 이젠 영업을 하며 투자자를 끌어 모으고 있지."

그의 말에 동욱의 귀는 솔깃하였다. '투자자…….' 그는 혼잣말로 곱씹었다. 그 이유에는 이웃 인쇄소와의 보이지 않는 경쟁과 시기심, 갈등으로 인한 스트레스 때문에 '투자'라는 말에 관심과 욕심이 생겼다. 더군다나 술기운에 이부 이자를 얹어준다고 하니 마음이 쏠릴 수 밖에 없었다.

"계약서 하나만 작성하면 그 다음 달부터 이부 이자를 쳐 주니까 꿩먹고 알먹고 인 셈이지 안그런가, 친구. 돈 좀 벌면 자네가 내게 술을 사주면 나도 득이 되고 말야, 하하하-."

동욱은 잠시 고민에 잠겼는지 신중하게 생각에 잠겼

다. 그리고 취기에 결심 한 듯 양은 탁차를 내리치며,

"좋아, 이번 사채 비용만 빼고 자넬 믿고 전 제산을 투자함세."

"잘 생각했네, 내가 아무렴 자넬 속이겠나. 그럼 대기업에서도 쫓겨 나는데 말야."

"맞다, 맞어."

동욱은 맞장구를 쳤다. 술자리가 끝난 후 취기에 그는 투자계약서를 써내려 갔고 통장과 도장을 건네주었다. 그리고 그는 인쇄소 사무실 쪽방에 들어가 깊은 잠에 빠졌다.

다음 날 아침, 과음한 탓에 머리가 아팠다. 전날 무슨 일이 있었나 생각해 봐도 떠오르는 것은 대학 동창을 만나 대포집에 갔다는 것 뿐이다. 그리고 방에 구겨진 채로 있는 종이를 조심스럽게 폈다. 〈투자계약서〉라고 적힌 내용인데 자신의 지장이 찍혀 있었다. 점점 파도처럼 밀려오는 불안감은 무엇일까. 그는 전화 수화기를 들고 그가 남긴 집 전화번호를 눌렀다. 몇 번의 신호 끝에 그의 텁텁한 목소리가 들려왔다. 그는 안부조로 물었다. 그러자 헛기침을 토해내며 '과음해서 그런지 오늘 회사 결근'했다고 말했다. 그의 말에 동욱은 이상야릇한 전율을 느끼며 미심쩍어 했지만 전화를 받은 것이 확인이 됐으니 어느 정도 안심이 들었다.

"동욱이, 아무 걱정 말고 나만 믿어 보게. 내가 열 다섯 배로 만들어 줄테니 그때가서 나 모른척 하지 말기다. 나 좀 피곤하니 나중에 통화하자."

"그래, 그렇게 하자."

수화기를 내려놓은 동욱은 안도의 한숨을 내 쉬었다.

첫 번째 통화 이후 그와 연락이 두절된 대학교 동창생 박인규이었다. 설마설마 가슴을 콩알처럼 조아리고 우려했던 사실이 자신에게 벌어지는 것인가, 라고 자문도 한다. 몇 번의 시도 끝에 통화는 되었지만 인규가 아닌 모를 여자의 목소리가 수화기를 통해 들려왔다.

"박윤규요, 아—셋방 살던 총각 이사갔어요."

그 말에 동욱의 눈앞은 붉은 용광로 앞에 서 있는 기분이었다. 정신차리기도 전에 불쑥 인쇄소로 들어온 가죽 점퍼의 두 사내가 그의 이름을 물었다.

"네 맞습니다. 제가 김동욱인데요……. 무슨 일때문이시죠."

두 사내는 서로의 강렬한 눈빛을 교환하고 아무 말 없이 동욱의 양팔을 끼고 인쇄소 골목을 빠져나가려했다. 저항하려고 다리의 힘을 풀었지만 바닥을 쓸며 끌려갔고 허리를 뒤틀려고 해도 철봉 기둥에 묶어 놓은 듯 두 사내는 완강히 그의 힘을 버텨냈다.

"아저씨들……뭐예요……뭔데 그러는 거예요. 나—

아무 잘못 없어요……깡패야 뭐야……."
"조용히 하고 점잖게 따라와"

그가 정신을 차리고 눈을 떴을 때 그는 팔목과 젓가락 쥘 아귀의 힘조차 없었다. 머릿속에는 '삐-'소리가 들려왔다. 육 십 촉 전구가 음산한 직사각형의 공간을 비치고 있다. 온갖 통증이 몸의 구석구석 살갗을 파고드는 벌레처럼 아려왔다. 그가 눈을 뜨자 실루엣의 형체가 그의 앞에 섰다.
"아직도 기억하지 못해, 모대학교 사회학과 교수 김남연 악질새끼 말야. 너두 그 대학교 출신이잖아."
차에 타자마자 검은 천을 머리에 씌웠기 때문에 이곳이 어딘지 모를 뿐더러, 검은 천을 벗겼을 때 그는 이미 바지에 오줌을 지렸다. 겁을 먹어서 그런지 그들의 똑같은 질문에 모른다고 대답하고 살려달라고 무릎꿇어 두손을 싹싹 빌었다. '모른다'라고 말할 때마다 폭력이 가해졌는데, 의자에 묶여 야구방망이로 복부 쪽과 등 쪽을 여러 차례 맞거나, 물수건을 얼굴에 덮고 주전자의 물을 뿌리어 숨을 못쉬도록 고문을 가했다.
"이거 말야, 이거 몰라."
그들이 동욱의 눈 앞에서 흔들어 대는 자료가 무엇인지 모른다. 흐릿하게 보일뿐이다.
"이 자료 자네 인쇄소에서 나온 거야. 뭔지 알아 보

겠어."

　실루엣은 짜증이 난 다는 듯이 거들먹거리며 동욱의 얼굴을 툭툭 쳤다.

　"이놈 봐라, 이것두 악질이네. 예전에 학림다방에서 김남연이가 자네한테 보관해 달라구 한 자료아냐."

　그 소리에 잊고 있던 그 자료를 떠올렸다. 김남연 교수에게 그 자료를 보관해 주겠다고 약속해 놓고는 자신도 모르게 휴지 상자에 넣어 두고 깜박 잊고 있었던 것이다. 까마득히 잊고있다 고물장수 이덕갱이에게 파지로 모두 꺼내어 준 것이었다. 그렇다고 정체모를 이들이 이 사실을 어떻게 알았을까, 라는 의뭉이 들었다. 그 의뭉은 쉽게 풀렸다. 실루엣의 정체모를 사내들에 의해.

　"김남연 교수는 요주의 인물로 열 손가락 안에 들지. 그런 작자를 우리가 그냥 두었겠어. 일거수일투족 감시 대상이었으니……단지 증거가 없다 뿐이었지. 다행이도 엄청난 자료를 자네가 제공해 준 셈이지. 이거 찾느라고 이덕갱 고물장수가 쌓아둔 쓰레기 더미를 얼마나 뒤졌는지 알아. 만나서 무슨 모의 했어, 그리고 김남연 그놈 어딨어. 말해, 말하라구."

제10장
다수의 그림자들

제10장 다수의 그림자들

 태양은 눈이 부셨다. 안구에 종잇장처럼 날카로운 햇볕, 미세한 공기, 도시의 빌딩들, 낯선 시선들, 그에게는 모든 환경과 상황이 남달랐다. 태풍이 휘몰고 간 인쇄소에 앉아 오전내내 멍하니 하늘을 보고 있다. 그러다가 발작증세처럼 인쇄소 창고에 몸을 숨겨 벌벌 떨기도 하고, 바지에 오줌을 지리거나 흩뿌려진 종이를 주워 입속에 구겨 넣기도 한다. 며칠 동안 그는 반복된 행동을 보이며 밥도 거르고 얼굴은 퀭해졌다.
 그는 태양을 바라 볼 때마다 갈증과 분노와 공포, 그리고 폭력성을 느꼈다. 눈이 멀 정도로 태양을 응시하며

'육시랄 놈, 난 잘못이 없다구."하고 혼잣말을 한다. 애초부터 무엇이 잘못된 것인지 그는 곰곰히 생각하다가 헤벌쭉 웃는다. 며칠째 그는 인쇄소 영업을 하지 못했다. 아니 인쇄소 영업을 할 생각조차 하지 못하는 그였다. 엎친 데 덮친 격으로 건달 두 서너명이 찾아와 행패를 부리기 시작했다. 그동안 사채 빚을 갚아나가지 못했기 때문에 미수금을 받으러 건달 두 서너명이 찾아오는 것이다. 그는 건달들의 행패에도 넋을 잃고 쨍쨍한 하늘만 바라볼 뿐이었다.

"며칠 동안 보이지 않더만 그동안 미쳐 버린 것 아녀."

"어라, 바지에 오줌 질질 싸는 것봐."

"어쨌스까이, 이늠 대가리가 획 돌아부렸나베."

발로 동욱의 등을 걷어 찼다. 바닥에 쓰러지자마자 울부짓는 동욱이었다. 어둑캄캄한 밀실이 그의 눈에 아른거린다. 발길질과 난무하는 욕설, 개패듯이 가해지는 폭력이 눈앞에 아른거리며 떠올랐다 사라진다. 몸을 웅크리며 살려달라고 고함을 치는 동욱이다. 당황하는 쪽은 건달들이었다. 간질처럼 사지를 벌벌 떨고있는 동욱의 모습은 마치 간질 발작이나 심장마비로 죽어 버릴 것만 같았기 때문이다. 건달들은 서로의 놀란 눈을 확인하며, 자신들이 겁박의 목적으로 왔다는 사실을 까마득히 잊고 처한 상황에 몰입하고 있었다.

"야-이러다 이놈 죽으면 우쩔까야."

"에잇-퉤, 걸려두 이런 놈이 걸리냐."

"오늘은 그만 가자, 이러다 다 죽어가는 놈 건드리다가 살인범으로 내몰리겠다."

건달들은 액땜이라도 하듯 발작을 일으키는 동욱의 일그러진 얼굴을 손으로 툭툭치며 사라졌다.

한 차례 폭풍같은 현상이 인쇄소를 훑고 간 뒤에 그의 발작도 멈춰갔다. 눈가에 눈물이 그렁그렁 맺히며 이유 없이 흘렀다. 골목길이 어둑어둑해질 때까지 그는 인쇄소의 차디찬 바닥에 웅크린 자세로 누워있었다. 때론 괴물의 형상이 눈 앞에 아른거리며 그를 괴롭혔고, 때론 자신의 몸을 칼로 갈귀갈귀 찢어버리는 자해를 할 상상까지 했다.

햇볕이 따가울 정도로 그날도 쾌청했다. 이마에 땀이 송글송글 맺힐 정도로 그는 땀을 흘리고 있다. 금전출납기는 바닥에 내팽개쳐져 있다. 그는 가방에 옷가지 몇 벌을 우겨넣고 자크를 닫았다. 그는 인쇄소 출입구 쪽에 우두커니 섰다. 그동안 인쇄소에서 흘린 땀방울을 생각하니 가슴이 메여왔다. 눈물이 흘러 나올 것 같았지만 그는 아랫 입술을 깨물며 참았다. 그는 결심한 듯 인쇄소를 빠져나오자 마자 재빠르게 골목길을 빠져나갔다. 그의 뒷모습을 바라보던 이웃 상점들의 사장들은 이상야릇한 시선으로 그가 사라지는 것을 물끄러미 바라 볼 뿐이었다.

 그는 고개를 숙이고 걸었다. 정확히 시선을 돌리지 않아도 서울역이라는 것을 알고 있다. 매표소에서 표를 사고 개찰구를 빠져나올 동안 그의 시선은 땅 바닥으로 향해 있었다. 낯선 사람들의 시선이 두려웠던 것이다. 누군가와 눈빛이 마주치면 절제하지 못할 두려움과 공포, 폭력의 기억으로 고통스러워 망아지처럼 날 뛸 것만 같았다.

 그는 열차 칸을 통과하며 자신의 좌석을 찾았다. 이미 창가에는 한 사내가 앉아 있었다. 그는 창가에 앉은 사내의 얼굴 옆면을 힐끗 훔치고는 짐받이에 짐을 올려놓고 좌석에 앉았다. 고개를 뒤로 젖히고 그는 두 눈을 감았다. 평안함을 찾기 보다는 두 눈을 감고 있으면서 새 날개처럼 퍼덕이는 심장을 느끼고 있다.

 열차는 레일을 짚어가며 달리고 있다. 쇠바퀴와 레일의 마찰음이 심장박동 소리처럼 느껴진다. 잠시 잠이 든 것일까. 그의 어린 시절의 친구들이 하나 둘 나타나며 사라진다. 어떤 의미도 없다. 단지 친구들의 밝은 웃음이 그의 눈앞에 아른거린다. 그리고 교통사고로 죽은 강영실, 그녀가 떠오르는 것은 무슨 이유에서 일까. 그는 지긋이 눈을 떠 옆 사내의 콧잔등을 훔쳤다. 그의 시선과 마주 칠 수는 없는 노릇이다.

 앞 좌석에 앉아 있던 젊은 청년이 몸을 틀어 옆 사내

에게 말을 건넨다.

"교수님, 제 논문을 좀……."

청년은 나지막하게 소곤거렸지만 동욱에게 그 청년의 발음은 귀에 또박또박 들려왔다. 그들의 이야기를 엿듣고 싶지 않았지만 멈추지 않는 그들의 대화에 신경이 곤두섰다.

"김교수의 부탁으로 자네 논문을 보았지만, 그건 아니라고 보네. 자네 부탁을 들어 주고나면 학회지에서도 두고두고 문제의 소지가 남을 걸세."

교수의 목소리는 냉담한 어조였다.

"교수님, 그동안 많은 학생들이 그렇게 해 왔는데……, 너무 완고하신 것 아닙니까."

"그게 무슨 말인가, 난 절차대로 하려고 할 뿐이야. 자네 논문이 부족하여 난 김교수에게 그 부족한 사실을 알렸고, 그 논문을 통과시켜 줄 수가 없네. 그리고 여긴 열차 안이야. 이곳에서 할 이야기는 아니지."

그 말에 젊은 청년은 울상이었다. 푸념이 열차 진동음 사이를 꿰뚫고 들려왔다. 동욱은 이야기를 듣고 있으면서 분노와 화가 치밀었다. 특히 '논문'이란 단어를 듣자마자 옆 사내의 목을 조르고 싶을 정도로 분노와 폭력성이 폭발을 일으킬 것만 같았다. '미친놈들.' 그는 속엣말로 소곤거렸다. 그 교수라는 작자는 헛기침을 두어 번 내뱉고 앉은 자세를 고쳐 앉았다. 남을 의식해서 인지, 아니 동욱을 의식해서 그의 어깨는 으쓱해하며 차창 밖으로 시선을 돌렸다. 조금 거만해 보이는 태도가 동욱에게는 불만이었다. 자신이 상관할 일은 아니지만, 자신도 모르게 그들이 주고받는 대화에 몰입했고, 두 대화에 끼어들고 싶어 가슴을 조아리고 있었다. 어느 순간, 그 둘의 대화에 화가 치밀었다. 대학 교수라는 인물과 학생, 부탁하는 자와 거절하는 자의 태도에 대해 그는 화가 치밀었다. 자리를 박차고 그 둘의 생명에 위해를 가하고 싶을 정도로 폭력적인 욕구를 느꼈다. 다행스럽게도 동욱은 끓어오르는 본성을 절제하고 있었다. 금방 손이라도 뻗으면 교수라는 작자의 목을 움켜 쥘 수 있을 것이다. 휘발성처럼 쉽게 타오른 분노와 폭력성의 불꽃이 꺼지자 두려움과 공포가 밀려왔다. 다시 옆 사내의 시선이 두려워지는 그였다.

   그는 자신의 감정을 억제하지 못할 폭력성을 느꼈기 때문에 자리에서 벌떡 일어나 화장실로 향했다. 기침소리와 깔깔거리며 웃는 웃음 소리 모두 소음으로 들렸다. 화상실에서 담배 한 개비를 물어 피웠다. '어디로 가지, 이제 난 무얼하지.' 그는 곰곰이 생각했다.

   그는 자신의 무능력에 대한 것에 화가 치밀었다. 자기 스스로 할 수 있는 일이라고는 목숨을 구걸하는 일 뿐이었다. 그리고 아주 짧은 시간 안에 세상이 뒤바뀐 것이다. '김남연 교수.' 그는 필터를 씹어가며 쑥덕거렸다. 순간 쇠꼬챙이처럼 분노가 치밀어 오른다. 그 순간 화장실 문을 두드리는 소리가 들렸다. 그 교수라는 작자였다. 동욱은 그냥 지나치려 하였지만 그 교수라는 작자는 코를 움켜 잡으며 '값싼 인간들이란……예의도 없고…….' 한 마디를 내뱉었다. 그 순간 동욱의 눈빛은 살기로 가득 찼다.

그는 교수라는 작자를 화장실 구석에 밀치고 주먹으로 얼굴을 사정없이 가격하였다. 주먹에 선홍빛 피가 물들어 갈 때까지 그는 그의 얼굴을 있는 힘껏 내리쳤다. 마치 바퀴벌레 한 마리를 으깨어 버리는 희열을 느끼는 그다. 그의 매서운 눈빛에 교수라는 작자는 곤충이나 바퀴벌레 정도로 밖에 인식이 되지 않았다. 그는 울타리를 뛰어 넘은 들짐승 같아 보였다. 열차의 진동과 교수의 신음 소리가 뒤섞였다. 그러나 오래가지 않았다. 피리를 한 번 불은 것처럼 신음소리는 이내 멎었다. 피로 얼룩진 그의 머리는 꺾인 나뭇가지처럼 대롱대롱 매달려 있다. 동욱은 씩씩거리며 울분과 분노가 교수라는 작자의 선홍빛 피에 분노가 녹아드는 희열을 느낀다. 자신도 모르게 밀실에서 자신에게 폭력과 고문을 가하던 실루엣의 정체가 되어 버린 것이었다. '폭력이란 이맛인가' 그는 생각했다.

다행히 열차 통로를 오고가는 사람이 없었다. 그는 화장실 문을 지긋이 열고 고개를 내밀었다. 교수는 바닥에 연체동물처럼 쓰러져 있었고 동욱의 손에는 그의 지갑이 들려 있었다.

그는 거친 숨을 내쉬며 지갑 속을 뒤지기 시작했다. 현찰과 주민등록증을 바지주머니 속에 챙겨 두고 쓰러져 있는 교수의 얼굴에 지갑을 던졌다. 그는 잠시 멈춰 생각하더니 자신의 주먹에 묻은 피를 닦아야 겠다고 생각했다. 세면대에서 닦기에는 위험부담이 컸기 때문에 변기의 벨브를 눌러 쏴-내려오는 물로 피를 닦아냈다. 그리고 조심스럽게 열차 칸을 지나치며 끝칸으로 이동했다. 멈춰서는 곳에 그는 내리려고 생각했다. 이곳을 빠져나가면 그는 섬으로 달아날 것이라고 머릿속에 계획을 짜 두었다. 더이상 육지에서는 못살것 같았다. 그는 고양이에게 내몰리는 생쥐처럼 자신의 존재를 이 세상으로 부터 지울 수 있는 곳을 찾아야 했다. '어디로 가지' 그는 열차에서 내리기 전까지 그 생각으로 골몰해 있다.

"섬……그래, 그곳에서 원시인처럼 살면 난 평화로울 거야."

그는 혼잣말로 속삭였다. 동욱이 교수로부터 빼앗은 지갑 속의 주민등록증을 꺼내 이름을 읽어보았다.

"황달수……이 이름으로 새롭게 사는 거야. 과거의 내 모든 것을 지우고 섬에서……."

그는 독백으로 "그림자 하나를 지웠을 뿐이다. 그러나 너는 존재한다. 또한 너의 육체를 지워도 너의 그림자는 살아서 그림자가 된다."
   그는 배에 몸을 실었다. 넘실거리는 파도에 자신의 영혼을 내 던지고 싶었다.

제11장
그림자의 반란

제11장 그림자의 반란

 낯선 섬에서의 생활과 적응은 어렵지 않았다. 생계가 주로 어로(漁撈)였기 때문에 젊은 일손이 항상 부족했고 한 사람이 섬에 들어와 정착한 다는 것은 상상외로 마을 사람들에게 환영 받을 일이었다.

 동욱은 마을 이장 덕택으로 폐가 하나를 고쳐 생활 할 수 있었고 그들과 어울려 어로 생활을 함께 시작했다. 그러나 시간이 흐를수록 노인들의 죽음으로 가구 수는 줄었고 예전처럼 일 손이 부족한 그 시간으로 되돌아 온 것이다. 그의 상심은 깊어 갔지만 그로써도 정당한 방법으로 일꾼을 구하기는 힘들었다. 또한 시간이 흐를수록 그의 성격도 차츰 독선적으로 바뀌기 시작했다. 그가 겪은 고초와 정신적인 충격 때문일지도 모른다. 우연찮게 정신박약아들을 싼값으로 판매 한다는 것을 육지로 나왔을 때 들었다. 암암리에 거래가 되고 있는 것이다. 동욱의 귀가 번쩍 했다. 사실 인신매매에 대한 도덕적 관념은 고문 이후로 잊어버린지 오래다. 마을을 살려야 한다는 사명감과 염전사업과 어로 생활을 하기 위해서는 정신 멀쩡한 사람 보다는 정신박약아가 더 쓸모가 있으리라 생각했다.

그는 물어물어 중개인을 찾아갔고 그 중개인을 통해 매달 한 명씩, 혹은 석 달에 한 명 꼴로 소년들을 사들였다. 그 중에 뒤늦게 〈늑개〉가 들어 온 것이다.

"이 놈은 거칠구 말은 안들어도 힘은 세다구. 길만 잘 들여 놓으면 몇 십년은 거뜬하다구."

그는 중개인이 헤벌쭉 웃으며 늑대의 턱을 움켜 잡아 얼굴의 양쪽 면을 돌려보았다. 동욱은 늑대의 똘망한 두 눈동자와 구강을 살피며, 그의 어깨와 음랑을 만져보았다. 어깨와 팔에는 근육이 붙어 있고 음랑은 토실했다.

"비바람에 여그까정 배타고 오는데 힘들었구만. 수고비는 좀더 얹어 주시겡."

비아냥거리는 중개인의 모습을 보고 마음에 안들었는지 고개를 획 돌렸다.

"다시 갖고가, 아무리 힘 센놈이라구 혀두 거칠고 반

항하는 놈들은 골칫거리야."

으름장을 놓았지만 사실 탐이나는 녀석임에는 틀림없다. 하루 이틀 거래하는 것이 아니었기 때문에 중개인과 동욱은 서로에 대해 잘 알고 있었다.

"아이- 왜 그러시나. 뭍에 나가 계집년 가슴이라두 주물러야 쓰지 않겠나."

코주부의 중개인은 콧방귀를 끼고 빈정거리는 태도로 늑대의 머리를 한 대 때렸다. 그리고 얄밉게 담배 한 개비를 물고는 치석을 드러내며 담배 연기를 내뿜었다. 멀찌감치 염전의 일을 마치고 들어오는 정신박약아 두 명이 조심스럽게 다가 오고 있었다. 동욱을 경계하는 것이 아닌 황달수의 예상치 못한 폭력 때문에 몸을 조아리며 다가 오고 있는 것이었다. 그 둘은 이미 뱃머리 위에 매달려 몽둥이로 맞은 경험이 있기 때문이었다.

동욱의 성격과 생각은 섬에 와서 많이 바뀌었다. 정신박약아들을 바퀴벌레보다도 못한 것으로 취급하기 때문이다. 그 자신도 모르게 프랑스의 오우거 괴물처럼 무섭게 변해버린 것이다. 그는 흉내를 내고 있는 것인지 모른다. 어둑어둑한 밀실의 실루엣이 마치 자신이고 정신박약아는 고문을 당하는 주체가 된 것이다. 그는 그들을 가혹한 노동에 내몰고 학대를 함으로써 희열을 느끼고 있었다.

"좋아, 이번 한 번만 웃돈을 주지. 젠장."

담배를 피며 버티고 있는 코주부 중개인과 신경전을 벌려봐야 이득 볼 것이 없다고 생각하였는지 마지못해 웃돈을 얹어주고 늑대를 인수 받았다.
　"진작에 했으믄 찜찜하지두 않았을 진데……."
　돈을 받아든 코주부 중개인은 혀끝으로 집게손가락에 침을 묻혀 돈을 세고는 히히낙낙거렸다.

　동욱은 과거의 기억을 잊었고 섬에서 새로운 기억을 만들어 가고 있었다. 자기 자신의 모습은 보이지 않고 정신박약아의 우스꽝스러운 어투와 알아듣지 못할 말, 행동과 밥 한 끼니로 열 시간의 노동을 강행하게 함으로써 쾌락을 느끼고 있었다. 혹독한 장시간의 노동으로 그들의 얼굴이 두꺼비처럼 일그러지고 맥없이 쓰러지거나 숨이 끊어져도 그는 두려움 보다는 희열을 느꼈다.
　열차 안에서 교수의 숨을 끊어 놓고 그의 이름으로 살아가던 그는 이제 새로운 황달수로 살아가고 자기 자신의 인격체를 새롭게 만들어 가고 있는 것이었다. 그는 과거에 자신이 바지에 오줌을 시리며 바들바들 떨었던 자신의 모습을 까마득히 잊고 있는 것이었다. 무엇이 자기 자신을 오우거의 괴물로 만들었는지 회고조차 하지 않았다. 오로지 지금, 아니 현실을 직시 할 뿐, 과거는 깡그리 잊어버린 셈이다.
　그는 정신박약아의 반발이 우려대면 뱃머리에 거꾸로

묶어 매질을 하였다. 그의 잔인한 행동에도 불구하고 마을 청년들은 그의 일을 돕거나 동참하였으며, 심한 고문에 의해 숨이 끊어지면 몸에 돌을 묶어 깊은 바다에 빠트렸다.

가마솥의 물이 펄펄 끓는다. 방 안에서는 들리지 않지만 개고기를 삶는 냄새가 방 안까지 진동하고 있었다.
"저 늠이 늦은 밤에 개고기를 삶는 것 보니, 미쳐두 대단히 미쳤구먼."
황달수는 구부정한 허리를 힘겹게 펴며 방문으로 시선을 돌렸다.
"영감, 그렇잖아도 미친늠인듸 미친짓허는 것은 정상이구먼요."
"그랴두, 저 정두 까정 미치지는 않았는데, 정신이 휙 돌았구먼."
마당에서 늑대의 콧노래 소리가 흘러 들어온다.
"저……저늠 보게. 이제 아예 콧노래까정……."
'밥 맛이 없다'라는 이유가 있었지만 의뭉스럽게 늑대가 똥딴지같이 맹덕어멈의 지킴이 개를 잡아와 가마솥에 삶는지 영문을 몰랐다. 불안하기도 했다. 한 번도 자신이 늑대에게, 아니 정신박약아들에게 가혹한 행동을 했다는 반성과 후회같은 생각을 해 본적이 없었는데, 오늘 밤 따라 유난히 늑대의 행동에 옛 기억이 되살아나며 거슬렸다. 그렇다고 퇴행성관절염에 제대로 걷지 못하고 기력도 억새풀처럼 쇠약해진 자신의 능력으로는 늑대를 통제 할 수가 없었다. 그의 머릿속에 '진작 죽였으면 근심걱정이 없었다.'는 후회막급이었다.

"저 녀석두 알거야, 지능이 우리보다 강하다는 것을……."

그는 나지막이 말했다.

"영감, 늠이 해 봐야 뭘 허겠슈. 워디서 본 것 있어가지구, 그거 따라허나 보지유. 쯧쯧."

아내의 말에도 그는 늑대의 이상스러운 행동이 마음에 내내 가시에 찔린 듯 꺼림칙했다. 그렇다고 예전처럼 호통을 치거나 완력을 써 기세를 제압할 수 있는 처지도 아니었다. 그는 푸념을 내쉬며 방문 밖 마당에서 간혹 들리는 늑대의 콧노래 소리에 귀를 기울였다. 그러다가 풀벌레 울음소리만 들리고 인기척 소리가 나지 않으면 자신도 모르게 두 다리를 바들바들 떨었다. 머리가 아파왔고 그때마다 '강영실'과 '철로를 따라 걷던 아이들', 실루엣의 형체들이 불현듯 떠오른다. 심장이 멎을 것처럼 아파왔다. 그 공통을 이겨내지 못할 것 같은 괴로운 고통에 차라리 심장이 멎었으면 하는 바램도 있었다. 그는 주문을 외 듯 '나는 잘 못한 거 없다구.' 수 십번 중얼거렸다. 황달수의 고통스러워하는 모습을 처음 본 그의 아내는 휘둥그레진 눈으로 그의 이름을 서너 번 불렀다. 그는 더 이상 참을 수가 없었다. 가슴 밑바닥에서 솟아오르는 뾰족한 송곳이 머리를 관통하고 있는 것이다.

마당 밖은 조용했다. 귀뚜라미가 마루 밑에서 울어 대고 있을 뿐이다. 방문을 지긋이 열어 본 그는 마당 중앙에서 화톳불에 끓고 있는 가마솥의 희뿌연 김이 어둑어둑한 하늘로 흩어지고 있을 뿐 늑대의 모습은 보이지 않았다. 그는 귀를 쫑긋 세워 무엇이든지 주워 들으려고 했다.

숫돌에 쇠붙이를 가는 소리가 창고 쪽에서 들린다. 늑대의 숙소에서 새어나오는 날카로운 빛처럼 날이 서고 있는 쇠붙이 소리가 숫돌에 갈리고 있는 것이다. 그는 방을 나와 신발을 신지 않은 채로 허겁지겁 솥뚜껑의 뚜껑을 열어 보았다. 손으로 굵직하게 자른 대파와 무가 펄펄 끓는 물속에서 소용돌이 치고 있다. 늑대의 헛기침 소리가 나자 그는 조심스럽게 방 안으로 들어가 방문을 걸어 잠갔다. 오금이 저리며 문고리를 잡은 손목이 떨리기 시작했다. 황달수의 이상스러운 행동에 당황한 그의 아내는 영문을 물었지만 황달수는 쉿-소리를 내며 인중에 손가락 하나를 세워 보였다.

다음 날 아침, 장작 몇 개를 더 우겨 넣어 불은 가마솥을 삼키며 거세게 살아 오르며 춤을 추었다. 물이 좋아 가마솥 안에 몇 바가지의 물을 채워넣고 대청마루에 앉아 늑대는 홍얼거리고 있었다. 그는 잘 썬 고깃덩어리를 가마솥 안에 집어 넣고 고추가루와 소금 등을 마구 집어 넣었다. 마당 안은 고깃국 삶는 고소한 냄새로 가득했다. 그러면서 훌쩍이며 괴성을 지르기 시작했다. 손에 쥐고 있던 칼을 휘두르며 팔짝팔짝 뛰고 마당 밖으로 뛰어나갔다가 이내 쏜살같이 마당 안으로 달려들어왔다. 늑대는 자신이 이해하지 못하는 느낌을 몸으로 받아들이며 울분을 토해내고 있는 것이었다. 무엇이 옳고 무엇이 다르고 틀린지, 그는 알지 못했지만 최소한 몸으로는 그 모든 것을 느끼고 있었던 것이다.

행복과 불행이 뭔지도 모르는 늑대였다. 밥 한끼 배불리 먹는 것이 전부였던 그의 심장에 미새한 구멍이 생긴 것이다. 자신도 모르게 그들의 행동이 거슬리고 김승의 본능처럼 화가 치밀고 공격적이고 싶었다. 언제까지 회초리만으로 그를 조련 할 수는 없었던 것이다. 때가 되면 그도 자신의 느낌과 감정을 소유하고, 그것이 말하는 대로 그는 움직일 것이다.

어느 순간부터 황달수와 그의 배불뚝이 아내에 대한 증오심이 새싹에서 큰 줄기로 커져 갔던 것이다. 자신의 몸과 마음이 자신의 생각과는 달리 저항하게 된 그때부터, 그의 눈에는 무서운 조련사에서 나약한 개미로 우습게 보였던 것이다.

늑대는 잘린 고깃덩어리를 흔들어 보이며 괴성을 질렀

다. 개의 머리를 집어 넣고 팔과 다리를 넣으며 막대기로 저었다. 그리고 방안에 썰어 놓은 피범벅의 고깃덩어리를 가져와 팔과 다리를 넣었다. 머리는 그의 주술적인 의미로 밭에 구덩이를 파 묻고 고깃덩어리가 익을 때까지 그는 가마솥 앞에 서 있었다. 그러다가 문득 중천에 뜬 햇빛에 기울어진 자신의 그림자에 칼을 내밀었다. 찌르려고 할 수록 달아나는 그림자, 잡으려고 해도 잡히지 않는 그림자, 멈추면 그도 멈춰 자신을 바라보고, 그도 한쪽 손에 칼을 손에 쥐고 자신에게 휘두른다.

섬 전체로 고기 삶는 냄새가 스멀스멀 흩어진다. 가마솥 안에 사람 손가락이 둥둥 떠있고, 늑대는 피빛을 뒤집어 쓰고 덩실덩실 마당을 뛰어 다니며 춤을 추고 있다.

그의 그림자도 그의 행위를 쫓아 간다.

다수의 그림자들

발행일
2015년 4월 30일 초   판   1쇄

지은이
김나인

발행인
신현자

발행처
도서출판 작가와문학
등록번호313-90-67330
충남 보령시 흥덕굴안길 102(대보주택 7동101호)
대표전화(041)936 - 0420
cafe.daum.net/bmunhak
ISBN 9791195209330 03810
정가 12,000원

본 책 내용의 전부 또는 일부를 사용하시려면 반드시
저작권자의 동의를 받으셔야 합니다.

국립중앙도서관 출판예정도서목록(CIP)

다수의 그림자들 : 김나인 소설집 / 지은이: 김나인. -- 보령 : 작가
와문학, 2015
   p. ;   cm. -- (작가와문학 소설선 ; 001)

ISBN 979-11-952093-3-0 03810 : ₩12000

한국 현대 소설[韓國現代小說]
소설집[小說集]

813.7-KDC6
895.735-DDC23   CIP2015011060